每一个认真生活的人，都值得被认真对待

马叛　傅首尔　小岩井　等——著

四川文艺出版社

图书在版编目（C I P）数据

每一个认真生活的人，都值得被认真对待 / 马叛等著. — 成都 : 四川文艺出版社，2016.1
ISBN 978-7-5411-4037-2

Ⅰ. ①每… Ⅱ. ①马… Ⅲ. ①散文集—中国—当代 Ⅳ. ①I267

中国版本图书馆CIP数据核字(2016)第013238号

MEIYIGE RENZHEN SHENGHUO DE REN DOU ZHIDE BEI RENZHEN DUIDAI
每一个认真生活的人，都值得被认真对待
马叛 傅首尔 小岩井 等 著

策划出品　磨铁图书
责任编辑　余岚 周轶
装帧设计　罗鋆

出版发行　四川文艺出版社（成都市槐树街2号）
网　　址　www.scwys.com
电　　话　028-86259285（发行部）　028-86259303（编辑部）
传　　真　028-86259306

邮购地址　成都市槐树街 2 号四川文艺出版社邮购部　610031
印　　刷　北京慧美印刷有限公司
成品尺寸　146mm×210mm　1/32
印　　张　9.5　　字　　数　202千
版　　次　2016 年 4 月第一版　印　　次　2016 年 4 月第一次印刷
书　　号　ISBN 978-7-5411-4037-2
定　　价　36.80 元

目录

001 我的下铺王子建 马叛

009 你是浪子别泊岸，踏进自由之路去 少女阿C

016 我自年华好，单身又何妨 怪物不二

022 跑步少女 黄可

041 原来我无法把悲伤溺死在食物中 夏不绿

054 不作死的胖子，你要好好爱自己 苏向暖

061 你这么努力，为何还如此焦虑 小岩井

069 你不知道我的名字 一彻同学

078 分手应该选个好天气 夏木七

085 时间请你慢点伤害我的他 琳戴戴

092 我活得没你想的那么惨 米粒D

096 全职备胎 米娅

122 孤独是我的骨头 陆小寒

130 万一我们一辈子单身 赵大乾

137 别让生活太安逸 陆小墨

144 既然我已经成了全职太太，干吗还要努力 卢璐说

151 梦想去远方 巫小诗

157 狂奔的姑娘 猫小妖赵倩

164 因为一无所有，青春才值得冒险 陆小墨

176 我爱这世界的食物，可我更爱你 谷谷

185 不情愿的隐忍都是可悲的 叶子鱼

我知道你为什么自卑 菲比福
190

奇迹，只是努力的另一个名字 桃啃笙
197

不要抱歉，要抱抱 徐莹月
207

找个能玩到一起的人结婚 倾心蓝田
215

把你忘在了朋友圈 Young汪杨
220

别嫌弃来看你的父亲 陈同学
229

请明辨是非，请恩怨分明 傅首尔
239

变成过去自己讨厌的样子，那不叫成长 桃啃笙
247

我的爸爸老黄 谷谷
252

你的父母已经做到了最好，如同你我一样 小花
261

少女情怀总是吃　袁小球
267

记一个叫小林的妹子　云庚
276

大理三千户，户户栽花　陆小寒
283

戏痴贾老师　云庚
290

大龄初学者　巫小诗
299

岁月不长，请温柔陪伴　猫小妖赵倩
304

你越来越能干了，父亲却老了　蒋瞰
311

嘿，你也在等我吗　倾心蓝田
317

一 $1/2$ 半

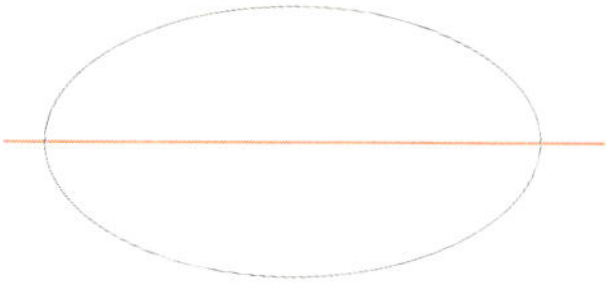

石头里

真的

可以开出花

冬天了，

送　你　一　页

暖 宝 宝

我 本 来 是 一 颗 橘 子

冲 你 笑
又 不 要 钱

别动，让我走向你

我们可以

一个人

去看任何风景

终于

不用　上班了

我的脑袋去玩了，

如果看到请叫它回来

我的下铺　王子建

马叛|作品「ONE · 一个」常驻作者
不上学的书痴，不上班的工作狂 @马叛

刚搬进胶囊公寓的时候我挺难过的，觉得自己越混越失败，只不过是三年时间，住所就从两室一厅的大房子变成只能弯着腰钻进钻出的胶囊公寓了。

想想我那宽阔得可以打个滚儿的大床，再看看伸手就能摸到的天花板，要不是上下左右都有人，我真想大哭一场。

其实叫胶囊公寓并不贴切，我的住所更像一个竖着的蜂窝，每个人都像蜜蜂一样缩在蜂窝里，面积比火车硬卧还要小。

这种地方除了租金便宜，再无别的优点。

最初我觉得每个住在胶囊公寓的人都把这里当作临时的栖身之地，有了正经工作后肯定会立刻搬离，直到我认识了我的下铺王子建。

他已经在胶囊公寓住了五年，之前还住过热力井和地下室。对他来说，胶囊公寓已经是天堂，虽然面积狭小了点，但起码不用担心下暴雨的时候身下的床铺突然浮起来。

当然我不是要跟他比惨，比惨这种事情没有任何意义。不管你过得怎么样，永远有人比你更惨。

王子建跟一般人不一样的地方在于，他有一股子不管天塌地陷都能谈笑风生的乐观劲儿，而且不是装出来的。

我们熟悉之后，他经常会拿他写的诗词给我看。他跟我一样都是为了梦想到北上广打拼的，不同的是我的梦想是做全国最牛的建筑设计师，他的梦想是做李白那样的诗人。

有做诗人这样的梦想并不奇怪，虽然顾城、海子这样的诗人近几年看不到了，但情诗写得好的诗人现在还是很多的，而且写废话诗、梨花诗、下半身诗歌的大部分诗人现在都还混得不错。

但是一个写打油诗的，梦想成为李白那样的人，还是很不现实的。所以每次看完他的新作我都要劝慰他一番，让他脚踏实地，做点能改变当下生活的事情。

“你住在胶囊公寓里，梦想设计恢宏的宫殿，跟我又有什么区别呢。”王子建每次都拿这句话来回击我的安慰。

“但我在一步一步实现啊，你每天都只是重复地写你的打油诗罢了。”

“坚持总会有收获的，我现在微博上已经有两百多粉丝了。”

“粉丝又不能当饭吃。”

“多了就能。”

“你写打油诗永远也不会有太多粉丝的。”

“胡说，在这个时代，一切皆有可能。古城钟楼那个微博，坚持‘铛，铛，铛’三年，现在已经快有五十万粉丝了。”

王子建会这么执着跟他爸爸有关，据他说，当年他一出生，他妈妈心里就凉了，孩子长得太丑了。但是他爸爸不死心，不能貌比潘安，未必不能才过子建啊，于是他就叫王子建了。

有一次我拿这个嘲笑他，说人家曹子建七步成诗，流传千古，天下才华有一石，曹子建独占八斗。你呢，就算有一斗，也是阿斗的。

他不服气，晚上特意写了一首新诗在微博@我，还强烈要求我转发。我委婉地拒绝了，因为那诗实在太打油了——不要把我当偶像，不然一定会失望，除了会写点文章，我跟你们没两样。

有这样一个下铺，虽然有时候觉得很烦，但因为他足够乐观，被拒绝了也不会不高兴，所以跟他在一起欢乐总是多过烦恼。

后来网上流行起了“正能量”这个词，我才发现，王子建就是个正能量化身。比如有时候我觉得很沮丧，跟他讨论人生的意义，觉得这么辛苦地活着，好不容易得到荣华富贵，一不小心就可能一无所有，太痛苦了。

王子建从来没有得到过荣华富贵，所以就住过大房子又住小胶囊这一感受，我不觉得他能有什么好看法。但他的话还是影响了我，他说人生的意义本来就是人生本身，痛苦也好欢乐也罢，都是实实在在的人生。就像行走的意义本身就是行走，一直走下去就好了，路上会有答案。写诗也是，你得一直写下去，写到地老天荒，写一百万首，一切自然会改变。如果你觉得痛苦，常常是因为你不够努力，还想太多。

我习惯性地想要反驳他，却突然发现无从开口。他说得好像是没错，我没有年迈瘫痪在床的长辈需要照顾，没有年幼的小儿嗷嗷待哺，没有身体上的疾病拖累。我健健康康，需要照顾的也只是自己，上天已经对我够好，只要我足够努力，大房子还是会回来的。

但王子建并不认为我明白了他，见我第一次不反驳他的话，他倒不习惯了。他又开始挑剔我别的问题。比如总是想着大房子，他说人生不能活在房子上。这种外在的东西得到了也很容易失去，只有让内心足够强大，让内心充盈着爱，这样才能得到永恒的幸福。

前面说过，胶囊公寓上下左右都住着人，我跟王子建聊天，别人也能听到，不过他们对聊人生这种事情没兴趣。他们大都是干体力活的，白天干活晚上睡觉，赚了钱就寄回家。人生简单直接，没有什么烦恼，从不想别的，也从不跟我们瞎扯淡。我跟王子建也当他们是空气。

结果有一天，“空气”突然说话了。说要拜王子建为师，跟着他写诗歌。我一看“空气”的年纪，都可以做王子建的爸爸了。由此可见阅历和年纪无关，有的人活一辈子，还不如别人活一天。当然并不是说骡马的一生不如比熊的一生，众生平等，只是觉得如果骡马突然要过比熊的生活，之前的折腾就都真成瞎折腾了。这是后话，且说在王子建这个正能量喷射器的影响下，我发愤图强，几个月后接到新的项目，成功地搬离了胶囊公寓。

走的时候我请王子建吃了顿饭。明明是我过上更好的生活了，他却一点也不羡慕嫉妒恨，这平和的心态倒是让我有点羡慕。

我们都很清楚，彼此以后不是一条路上的人了，以后再难在一起这样坐下来喝酒聊天，所以那天喝了很多。

苦难让我们的人生意外地交会在一起，幸运又让我们分离，人生就是这么有趣。跟王子建生活在一起之后最大的收获就是乐观，以前遇到困难麻烦，总是会想，上天你为什么要对我这么残忍。现在却是想，这点小问题就想难倒我，没门儿！

那天“空气”的一番话对我影响也很大，他是一个在地下通道唱歌的歌手。他说在住进胶囊公寓之前，有钱有家室，但是一点也不快乐。有一天他在酒吧看到在台上歇斯底里吼叫的年轻人，想起年轻时候的他，觉得特别傻逼。但同时又觉得，这种傻逼很可爱，那种无知得生机勃勃的可爱。他年轻的时候也是个穷困潦倒的摇滚歌手，在各种地方演出，总是入不敷出，但是那时候心态好，一无所有，却觉得能干翻整个世界。后来他不做歌手了，听从家人的安排去经商，赚了很多钱，有了老婆孩子房子车子，却没有了当年勇往直前的心态，才不过四十岁，他就觉得老之将至人生只剩下混吃等死，过去无知自大的他，变得非常卑微，觉得自己的一生，和路边的大树没有区别。所以到五十岁的时候，他就放下一切出来了，一路唱歌，一路行走，就像年轻时那样。

王子建很赞扬“空气”的人生，觉得这才是活得值，经历过大富大贵也经历过一无所有，难能可贵的是最后还能看破一切，放下一切，重新回到路上。这世上太少有人能明白，年轻时的贫困不算什么，人的一生，最重要的就是年轻时的那份自信甚至自大，那股子初生牛犊不怕虎的冲劲。未来成就如何，全看那时候的劲头。

而我呢，在听“空气”说完之后，并没有评论。我反观自己，如果我继续在大城市做设计师，未来的人生可能跟“空气”差不多。我会有车子房子老婆孩子，可是我会有快乐吗？我不知道。

我可能会被我拥有的一切束缚住，被那种世俗的责任感束缚住，一生不得自由，不得解脱。这样一想，那些香车美女房子孩子反而变得可怕了。过去我多么想拥有的，现在想想，拥有了我就会害怕失去。拥有了名誉，为了保住名誉我就得更加努力。拥有了香车我就得养着，拥有了美女我就得哄着，我会变成房子孩子的奴隶。所以才会有主人在外辛苦赚钱，保姆享受豪华大别墅的新闻。

写这篇文章的时候，我跟王子建已经分开很久了，虽然说好了以后常联系，却是谁也没有再联系过谁。他要忙他的写诗事业，我要努力赚钱改变生活。

只是我努力赚到钱之后，不是想着赚更多的钱了，我开始有计划地整理我的生活。我需要多少钱，赚够了我就去乡下，自己为自己设计一套房子，设计一套最能体现我设计天赋的房子，再也不用看客户脸色，再也不用考虑老板需求，只为才华而生活。

王子建的微博后来也没有更新了，不知道他是不是放弃了他百万粉丝的大计划，但是我知道不管他做什么，都有他的理由，不管他做什么，都能给自己找到乐子。人生苦短，或许我们都需要这种苦中作乐的精神。有了这种精神，住胶囊公寓，会比住大别墅睡得更香甜。毕竟睡哪里不重要，睡本身才重要。

你是浪子 别泊岸，踏进自由之路 去

少女阿C|作品 95后主播兼摇滚少女
@少女阿C李晨希

那种午夜时分穿梭于N个酒吧到处跑场子唱歌的励志音乐人故事，我们这种小老百姓通常只能在杂志上看看，至于信不信，还要在心里掂量掂量。直到上大学之后萌生了学吉他的念头，在渔湾市公交站潜伏的一家叫作Depth琴行的小地方，我认识了卓尔哥。

之前看过他演出的宣传照，黑白效果，一位被长发遮住半边脸的帅哥抱着吉他在酒吧里唱着歌，就是那张照片吸引了年幼无知的我。

当怀揣着一颗小粉丝激动的心慕名前去Depth琴行时，幻想中卓尔哥该是衣冠楚楚地坐在椅子上看着琴谱教学生或者编曲。结果推开琴行的门，一个睡眼惺忪、顶着几天没洗的乱发、趿着人字拖、手里捏着包红双喜的人站在我面前，破灭了一个少女的美好憧憬。不过那时候我的形象更不堪入目，一身脏兮兮的军训装，脸蛋儿的颜色跟刚从土里挖出来的土豆没两样。

现在我们认识一年多了，他总拿我那时候的样子来打趣，真是拿他没办法。

和大学城里到处发传单招学生的琴行不一样，卓尔哥的琴行不发传单，也不是什么学生都招。就连卖琴，他也不大愿意进那种三五百元的“烧火棍”。他一脸傲娇地，操着一口湖南塑料普通话，边调着效果器边对我说：“不是真心想学吉他的我不想教，尤其你们这些三天打鱼两天晒网的妹子，几天新鲜劲儿过去了就把吉他扔一边了。”说得我一脸羞愧，几次想用来装灰的吉他最后还是拿起来了。

卓尔哥在我眼里应该算一个浪子了，玩音乐也快十年的样子了。看过他在师范大学念音乐教育专业时拍的照片，留非主流杀马特头型，身材比现在更瘦一些。那时候他就弹得一手好吉他，在河西大学城里也算是个风云人物，恐怕中了不少姑娘的下怀。可唯独他现在的女朋友，和他在一起很多年一直不离不弃。

其实和一个音乐人谈恋爱应该是不少文艺女青年的梦想吧，但是谈婚论嫁就需要勇气了，因为大量默默无闻的独立音乐人都是只见烧钱不见产出的。

Depth琴行就是他烧钱的产物。不甘于将琴行变成印钞机，也没耐心大肆宣传，使得琴行一直入不敷出。卓尔哥通常是每天傍晚六点，骑着电动摩托车去河东的数个酒吧和餐厅，一直唱到凌晨一点钟，以此谋生。我不知道在那样漆黑的夜里，他骑着摩托车经过湘江大桥时会不会被风吹得睁不开眼，会不会在酒吧被一些不明事理的顾客纠缠，会不会想在累得半死时破口大骂：“老子不干了！”

直到有一天的00时03分他发了条朋友圈：真希望今年就能结束这种卖唱的日子。音乐不能够属于娱乐行业！更不能被当成服务业！

我回复他：记者被迫写宣传文，画家被迫画宣传画，人民教师每天对着一届又一届的孩子重复一百遍同样的知识。为了生存，能忍就忍吧。

他告诉我，忍了九年，忍不了了。他说他还是想玩乐队。

之后几次我去Depth找他，总是房门大敞但是大厅里空无一人。推开录音室的门时，会把正在编曲的卓尔哥吓一跳。他的第一首歌《病孩子》的前奏，我听了不下二三十遍，每次前奏响起几乎瞬时就想出门吹吹风。每次忍不下去了，就拉上绝食减肥好几天的他去吃蚝油焖土鸡。

可当他将那首歌录完，我第一遍听到完整的曲目时，整整一刻钟都没缓过来已进入歌曲中的情绪。

《病孩子》这首歌的整体感觉是略消沉的，歌词是他自己写的：

你安稳地活着 你麻木地笑着

你骄傲地说着 这叫生活

我说我不想遵守 这诅咒一样的规则

就让我在角落里自由

你不知道 我要去的地方

你也不会知道 你的悲伤

卓尔哥的英文名叫Kidult——kid和adult，孩童与成年的结合体。我想他始终还是一个对成年人险恶世界的阴暗面充满排斥的人，当他内心的那个孩子病了，他只想在角落里自由。

所以他的乐队，叫自由之路。乐队起初只有他一个人。有人问：“一个人算是什么乐队啊？”其实成立于2008年，当时只有他和吉他手吉斯两个人，两把木吉他的组合，他们几乎每天都在写东西、编东西。后来他也是在吉斯的影响下，喜欢上了独立音乐和后现代摇滚。后来吉斯因为生活上的事情暂时退出。卓尔哥又认识了新的朋友，乐队的人员一直在不断壮大。

他第一张EP的三首歌，是通过把编写好的贝斯和鼓都用MIDI设备导入电脑里制作完成的。就这样，他在长沙最有名的咖啡馆“时光之尘”办了自己的第一个专场。他第一次唱自己的歌的时候，他说他居然紧张了，就跟大二那年第一次出来驻唱的第一场的感觉一样，手都有点发抖了。整个专场人员爆满，他的女朋友、好兄弟，还有我们这些徒儿，捧着花带着朋友来给他加油打气。他在唱歌的时候，我拿着粉色的小单反凹着各种姿势给他拍照，那时候我很自豪。嘿，你看我的师傅是一个多么厉害的人啊！虽然流程和卓尔哥预想的完全不一样，但是他说，只要真正做到了自在、自我，就算圆满成功了。专场最后我几乎看到他的泪水，他说：“感谢你们所有人，给了我继续下去的信心。”

后来的日子里，房东一次又一次抬高Depth房租，卓尔哥几番交涉也无果。可能他是真的无法承受这种看不见回报的付出了，毕竟如今他更多的是忙于乐队巡演和音乐制作的事情。终于，某一天他把出兑的广告贴在了琴行门口。他说：“虽然不舍，但也真的不留恋了。瞎折腾了四年多时间，并没有任何感伤，反而更多的是释怀。Depth扎根河西四年，终于还是要离开这个地方了。虽然累死累活，然而也收获了很多美好的回忆。”

他离开之前我最后一次和他吃蚝油焖土鸡，我难过地问：“以后我就真的没办法经常见到你了吗？”

卓尔哥嘻嘻哈哈地说：“天下没有不散的筵席。”

然后我们都不说话了。

其实关掉琴行是迟早的事，琴行已经成了令他伤心的一个地方。他在那里遗失了一把价值两万视若珍宝的木电两用吉他，众人一番寻找都无果。还有一次，他骑摩托车背着吉他带着女朋友去驻唱，结果两个人都跌到了坑里，他的女朋友腿上缝了好几针，让他心疼得不得了。可能在命数里就决定了卓尔哥要离开。这样也好，他终于不用再被除了音乐以外的事情牵绊了，不用再每年帮我们这些大学生办那些很不成熟的晚会。

“现在，好像到处都是乐手、乐队，多到数不清。但好好写歌、踏实练习的人相对却少了。音乐是必须要做的事。我不想成为一个歌手或者吉他手，我只想通过完整的音乐去表达一些发自内心的东西。”这是卓尔哥的想法。

其实他在我心中已经是一位很优秀的音乐人了。同样，现在好像到处都是琴行，多到数不清。但是开琴行的老板中，能像卓尔哥一样真真切切为了音乐努力的却相对少了。他舍弃了Depth，成就一个更好的更投入的自己，这也是我们都想看到的。

至于说到他的音乐风格，他说玩什么风格完全得看自己是个什么样性格的人，只要足够了解自己，风格不重要，对于其他风格的音乐也要包容和接纳。如果你因为喜欢躁的，就瞧不起民谣，因为喜欢小清新，就说那些重金属毫无意义，只能说明对音乐的认识还是太狭隘了。

他现在还是在努力地创作着，新歌好像是trip-hop路线。据他形容他现在是：眼睛痛，一脸油。

“好事多磨，方向从未改变，内心从未动摇。”

我自年华好，单身又何妨

怪物不二|作品 90后爆款伪文艺女青年
@怪物不二

我在好朋友卓卓举办的聚会上认识了一个叫飒飒的姑娘，彼此相谈甚欢。卓卓很为我担忧 ，担忧我被飒飒“洗脑”。究其原因在于飒飒长期单身，并以此为傲，热衷于宣传单身的好处。卓卓由此认为她很不寻常。

卓卓的想法代表了大部分人的想法。也不知道从什么时候起，“有恋爱可谈”成了部分人心中的优越感。乐于自嘲的单身男女们开始自称“单身狗”。这个并不怎么美的称呼，在广大的社交网络上花开遍野。

男生们不顾节操开始大声吆喝着找“妹子”，女生们也开始大呼小叫地追“男神”。越来越多的人开始把恋爱关系当成衡量一个人整体魅力的标准，也就有越来越多的人认为单身可耻。大家虽不明说，可人人都感受得到。可就在这样奇异的浪潮里，飒飒的表现独树一帜。她就像一面迎风不倒的红旗，英姿勃发地告诉所有人，她活得很好，而不仅仅是她，所有人，没有了爱情一样可以活得很好。

有人给我介绍男朋友。我并不想交往，可是周围的人都在鼓动我。有人对我说，你自己一个人太孤独了，别再自欺欺人。有人对我说，再不谈恋爱就老了，过几年就嫁不出去，越来越不值钱了。

飒飒得知了这些后气愤地帮我去骂人，把所有劝我的人骂了一个遍。她愤怒于周遭朋友对于“恋爱”这回事的盲目抬高，更愤怒于大家对待爱情的随便态度。我劝她消消气，她一直问我，单身怎么了？女孩子单身就一定是孤单跟不幸的吗？这什么时代？我告诉她这是新时代没错，可惜很多人的想法还停留在封建社会。飒飒想了想，艰难地笑了。

飒飒也不是一次都没有恋爱过。她在二十二岁时的初恋刻骨铭心。男主角是大学同窗，个性温和，有些软弱。飒飒跟他恋爱的时候，常常因为他的软弱而伤脑筋。换言之，就是经常需要飒飒保护他。爱可以掩盖很多问题，可惜只是暂时性的。男主角习惯了依赖飒飒，却不知道他给飒飒带来了一些困扰。后来他出国，直截了当地表示希望飒飒等他。飒飒答应了。可他出国几个月后就快速地找到新欢，又直截了当地跟飒飒提出分手。那次分手提得如此干脆，让飒飒以为他终于长大了，不再软弱，可以像个成年男人一样充满魄力地表达自己的情感诉求。

如果真是这样，那么飒飒也是欣慰的。她当然立刻就同意了分手，随即去剪掉了一头长发，决定开始一段不用保护跟照顾别人、只专心保护跟照顾自己的新生活。没想到不出三个月，男主角又找飒飒复合，一把鼻涕一把泪地说自己离不开飒飒。飒飒的内心几乎是崩溃的，她不喜欢这种黏人的羁绊，也不喜欢被人当成“回头草”。男主角说：“你不是曾经对我说待你长发及腰，我便娶你可好？怎么把头发都给剪了？”飒飒说：“咳，这些浪漫宣言都是有时效性的，你变心了，那我就过期不候了呗。”

从那以后飒飒讨厌不切实际的浪漫了。她开始丰富自己的生活，把一个人的日子过得欢乐而舒适。而且开始转变思路，只有爱情才意味着美好生活吗？只有恋爱才意味着不白白生活吗？大错特错！飒飒对我说，这个世界上根本没那么多浪漫爱情让我们偶遇，在做梦之前，还是舒舒服服过好自己的日子吧。

当下飒飒做了一名职业插画师，业余时间也画画条漫，爱摄影，爱爬山。假日里约上朋友出去采风，生活多姿多彩。她大大方方地结交了许多朋友，同性异性都有，大家心胸坦荡，以诚相待，别提有多开心。飒飒说她的生活很充实，每天都有目标，有计划，所以从不“空虚寂寞冷”，也不会因为没有男友而感到多么自卑。奇怪的是，周围人反倒像是比她更清楚她的幸福似的，总要对她说三道四。

家人也曾给安排相亲。“能想象吗？仅仅因为我需要结婚，他也需要结婚，我们两个就经人介绍匹配到了一起，为了完成那个共同目标而此生相伴。”飒飒瞪大眼睛，露出牙疼的神情，“这样简直太可怕了！我连想都不敢多想！”为此她开始回避那些相亲，而对于所有见了她一两面、单纯地因为她的外貌而决定追她的男孩，飒飒一律说“不”。

父母总说她年纪也老大不小了，再这么单身下去恐怕要做一辈子老姑娘。飒飒曾因为这句话气得直掉眼泪。“为什么大家在面对一个单身的人时，个个都好像变成了拉皮条的老板？”飒飒说，“为什么歌里也唱单身的人那么多，快乐的没有几个？为什么没有人说说单身有单身的快乐？是真的快乐，不是强颜欢笑。”

我能够体会飒飒所说的这些。单身生活里的快乐应该也是人人皆知的。只是爱情永远是人生最重要的主题之一，大家都希望自己的生活是浪漫的，充满爱意，甚至充满暧昧，渐渐就把这种愿景物化成了当下的事实。如果像飒飒一样的人多一些，也许“单身不可耻”的口号早就传遍了大江南北。又或许其实本来就有很多像飒飒一样的人，只是我有幸看到的只有飒飒一个罢了。但是这给了我不一样的启示，我也希望成为像飒飒那样的人。

听说我要把她的故事写出来，飒飒告诉我，她真正想要表达的，不是人不该去追求爱情，也不是不相信爱情。相反，她还在专心等待她的爱情，人生很长，还等得起，就耐心等。她想要说的，无非是很简单的一句——每个人都该在保持自尊的前提下，独立地活下去，不受到外界的左右，仅此而已。我想飒飒有可能是哲学家。后来飒飒又对我说，无论如何，最重要的都是，要努力找到让自己幸福的生活方式啊。

我以为飒飒说了一句废话，可想了想又觉得这是一句很高深的话。幸福生活是每个人的追求，然而怎么才能算得上是幸福，也许就没人能给得出答案了。有时候我们以为的幸福并不是真正自己想要的幸福，而是盲目地听从了别人的意见。无论恋爱还是单身，大概都是幸福人生中的一个环节。无论在这个环节里你选择了其中的哪一个，只要你有足够的信心跟勇气，一样可以解锁接下来的惊喜跟欢乐。

飒飒已经成了我的好朋友，她给了我很多勇气。我祝福她接下来的人生。我同样也祝福其他的朋友。只是我再也不会像过去那样，一厢情愿地说着“祝愿你早日遇见白马王子”。现在我要说，“祝愿你能够用自己所喜欢的方式，过最自在的生活”。愿你们都自在如风，也愿我自己。

跑步 少女

黄可|作品「ONE · 一个」常驻作者 青年作者
@HUANGKE1993

作为一个男生，虽然将近一米九的身高，但我实在没有任何体育方面的特长。

所以冬天刚到，同班女生提出要进行一项伟大的运动事业的时候，我并不是很在意她们讨论的细节，然而当天晚上回到寝室，林婕发来短信问我要不要加入她们的夜跑队伍时，我居然答应了。

当时我是这么想的，每次被问到长这么高喜欢什么运动的时候总是有些尴尬，那还不如趁机去跑跑步，等下次有人再提起相同问题时就能很洋气地回答："哦，我不喜欢球类运动啊，我比较喜欢长跑。"再说，这样远远看上去被一群女生包围着也是一件非常拉风的事情啊。

几分钟后，我混进了女生楼下那些等待女朋友的男生队伍里。

七个女生穿着各式小短裤，唯独我一个男生。这让我想起物理系的朋友每每来我们学院借用洗手间都要感叹一番，走廊里的女生足以让他从期中考回味到期末考。

刚刚出公寓园区的大门，我们开始装模作样地做起准备运动来了。

我问林婕："为什么突然来了兴致要夜跑啊？"

她道："期末考马上就到了，我们要测试八百米呢。"

我恍然，然后嬉皮笑脸地开始和女生们跑了起来。脚上的鞋买来大半年了，也难得穿出来运动几次，此刻才发现脚底柔软得让人浮想联翩。

回想起上一次夜跑，都是将近两年前的事情了，那个时候还在高三，自己在校外租房子，每天晚自习下课之后都会去体育场跑两圈，灯光从远处照过来，模模糊糊的谁也看不清谁，那种在晚风里默不作声的奔跑成了高三日子里最简洁明了的宣泄方式。

大多数人在那时的夜色里奔跑，醉翁之意不在酒，各有各的心思。

然而我却是毫无思绪地跑完，离开，在夜色的霓虹里走回凌乱的公寓，洗澡，心不在焉地看书，夜深人静，洗漱上床。

我们冒着崴脚的危险顺着人行道跑，马路上除了公交车什么也没有，在第一个三岔路口，关于向左跑还是向右跑我们产生了不大不小的分歧，不过从女生们最后的结论看来，无论左还是右都需要上个坡，惨绝人寰，她们最终选择了每天上课都要走的右侧，后来我才明白她们讨论了这么久，其实是在拖延休息的时间。

跑步的时候大家都不说话，上完坡之后胸口凉飕飕的，像是呛了口冷水。

回过头看女生们跑步的样子，有点奋不顾身的意味，脸色也都不太好。

我带了计程器，到坡上总共八百米不到。把计程器放回口袋里的时候，林婕看到了，问我跑了多远了，我开口道："一千五了。"她满意地点点头，向着前方跑去。我在心里哈哈笑了两声，觉得她脸上严肃的表情有几分可爱。

这样一路数下来，我们居然也跑过了四个公交站。

每天清晨我六点半钟起床，七点准时坐上公交车，在车上吃早点——原本我是有所顾忌的，后来发现车上空荡荡的，大口咬着肉包子也不再犹豫了，只是后来上课总是打出包子味的嗝来，让我十分苦恼，好在林婕已经成了我的固定同桌，也就不那么在意同桌的你是不是一股包子味了。

这么多日子过去了，我发现环岛路旁这些不变的风景居然还没让我失去新鲜感，心里不禁小声称赞自己真是个稳重的年轻人。

我当然没有想过会在这条路上跑步，更不会想到在夜色中和一群女孩子来看海。

下了坡，大家似乎轻松了许多，左手边出现了大片的沙滩，海在夜色里发出呼呼的声响，浪花哗啦啦地把冷冰冰的风拍到海岸边。

远处的海面有船，灯光星星点点，再远一些就是对面的岸了。

原本以为白天的鹭岛气温高攀不下，晚上也不会太冷，但事实是我们最终坚持了不到五分钟就都灰溜溜地小跑回公路上，顺着跑来的路走了回去。大家嘻嘻哈哈地表达第一次夜跑的深刻体验，和刚刚上坡时翻着死鱼眼的形象截然不同。

摸着自己肚子上的脂肪，我默默地想，权当减肥吧，春天就要到了。

走到女生公寓楼下，大家打打闹闹说晚安。

仍然有男生在等待着，有情侣在拥抱，我挥挥手独自走回男生公寓。

几周后，女生们陆陆续续迎来了体育课期末考试，所有人都挣扎着过了及格线。当天晚上我给林婕发短信问都考完了还跑不跑。她迅速地回了我一个字：跑。

但当确定只有我们两个人要去夜跑并且从今往后估计都只有我们两个人的时候，我还是由衷地佩服林婕的毅力。那时候天气已经凉了，出门前思考了片刻还是把短裤换成了长裤。她说大家都不来了，我表示理解。

不知从哪个夜晚开始，我们的路线有所改变，默契地一起左拐，向着新的方向跑去。对我而言，这个改变仿佛成了某种隐喻，蕴含着某种不可道破的机密，并且关乎我自己。

林婕有那么几个晚上告诉我太困了，取消了跑步。那个时候，她开始利用闲散时间去咖啡厅打工，偶尔遇到晚班，每每挂掉电话我纠结了半天终于还是没有独自一人去夜跑。

那晚，我们顺着那条默认的路线跑着，似乎什么都没想，经过艺术中心时，林婕突然抬起头望着马路对面那几个耀眼的大字，示意要停下来休息。

她突然说：“你打算去法国吗？”

我愣了下，这个问题于我似乎有点突然，却又恍然觉得，对学法语的人来说，这是个再正常不过的问题，只是我似乎一直避开不去想这个问题而已。

她看着我，语调轻松地说：“你说，法国的街道现在是什么样子……”

我没有回答，只是对着她轻轻地笑了。

我当然不会知道法国的街道是什么样子，我只看到身旁的马路上已经没有车了，连公交车都不见踪影。远处的沙滩上还有依稀人影，她说：“我想去法国。”

其实对于未来，我都想得很少，就觉得一切还早，尚且无须多虑。但这一回，我脑子里有些乱，隐隐的不安，我告诉自己别矫情，什么未来啊理想啊都不该是挂在嘴边大谈特谈的东西。

林婕说：“时间过得好快，我都不知道自己为什么会在这里，日子总是迷迷糊糊的。”

我说："你为什么要跑步？"

林婕："要考试啊。"

我："考试结束之后呢？"

林婕："啊……减肥吧，你看我的腿好粗，都找不到男朋友了。"

我："只是减肥吗？"

她对着我笑了，过了好久才开口："我也想看看我能坚持一件事情多久。"

凡事需要契机。

高中的政治课只给我留下了"量变引起质变"这几个字。从和林婕的夜跑中，已经告诉我，多讲话不一定会说错话，要是运气好，说得多还能戳中心房，从此以后革命友谊不可动摇，讲什么都掏心掏肺。

我们就这样跑步进入了冬天，夜里环岛路的冷风已经冻人。

随着日子慢慢延长，我们跑步的路程也在慢慢变长，那天晚上我和林婕一路跑到了曾厝垵。到了公交车站我们停了下来，她说要去对面逛一逛，于是我们便过了马路进了那所谓的鹭岛文艺必经之地。这个小小的文艺村落里，小巷曲折迷离，灯光并没有太明亮，人群稍显热闹，店铺里的音乐在闪烁的灯光和夜色里带着某种隔离感。

我们进了一家酸奶店，坐了下来。

我说："酸奶可以塑造曲线。"

林婕说："也不知道是不是真的。"

我说："反正都要吃了，安慰安慰自己也好。"

她搞笑地翻了我一个白眼，说："这家店的点心真难吃。"

我说："你不是自己会做吗？"

她说："我打算去法国学做甜点。"

我笑笑，不说话。

从小店里出来的时候，小巷里的人也少了许多，暧昧的气息变得愈加浓重，林婕挽着我的手，轻声感叹道："你要是我男朋友就好了。"我开玩笑道："那我酝酿酝酿追你好了。"

林婕哈哈大笑："算了吧，别做徒劳的挣扎。"

这回换我给了她一个冷艳高贵的白眼。

跑步将近一个月的时间了，其实也不是很长，但是对我们急于求成的两个人来说，还是有些懊恼地发现腿上的肉并没有减少，至于肚子上的脂肪，我也记不清一个月前有多厚，姑且当作瘦了吧。那个周四的晚上，林婕给我发短信说她和咖啡厅的朋友去聚餐，跑步取消了。我那时刚刚换好运动鞋，看着短信想了想，决定自己一个人去跑步。

经过了几个公交车站，都有稀稀落落的人在等车，灯光投在绿化带上，有几分凄清的感觉，我隔着卫衣，察觉身上出了许多汗。

又到了第一个三岔路口，我左拐，上了坡。

那家叫“上海，上海”的餐厅门口聚了很多人，散发出浓烈的酒气，哈哈大笑着互相拍着对方的肩膀，含糊的话语从耳边呼呼地过去了，我跑到了坡顶。下坡的时候，我远远地又望见了前方马路对面艺术中心的灯光，在黑夜的背景下显得格外狰狞。

右手边就是海，漆黑遥远。

继续跑着，又一次感到了胸口的冰凉感，稍稍放慢速度之后，马路对面陆离斑斓的霓虹灯闪烁不停，我眯起眼睛，有些晕。空气里有一股腐烂的水果的味道，让我有些喘不过气，而且鼻子发酸，越来越酸，我觉得自己在皱眉头，是难过吗？我被自己一闪而过的想法吓了一跳，空气里那难闻的气味瞬间消失得一干二净。

马路上已经没有了人影，老远看见一块石柱上几个大字：“音乐广场”。我奋力跑了过去，过了石柱，在一排石碑前停了下来，嘴里满满的血腥味。

我吐出几口大气，躺在了草坪上。

天空一无所有。或者，只是我什么都没看清。

“昨晚聚餐的时候，我们老板干了件吓到我的事情。”

“怎么，你被炒了？”

“没有……想得美，”林婕边跑边说，气喘吁吁，“他说啊……要给我介绍男朋友。”

“啊！”我叫了一声，然后开始放声大笑，加速往前跑去。

“康浪你给我回来！”我听见身后林婕的声音远了好多，便放慢脚步回过头去看她，才发现她已经停了下来撑着腰休息，我小跑回到她身边。

那天晚上我们第一次跑到了音乐广场，坐在台阶上，海风从遥远的地方吹过来，我和她都低着头各自摁着手机，手心冰凉。在路灯的昏暗光芒里，我分明看见了她脸上从未有过的陶醉表情，兀自在夜色里绽放开来。

那一刻，我如同空气一般。

我回过头，看着远处什么也看不清的海面，轻轻地笑了。

沿海岸搭建的木栈道上装了橙黄色的小灯，一个人也没有。

回到公寓洗完澡已经晚了，坐在书桌前，我想起了昨天晚上，躺在草地上的时候，我觉得世界这么大，在这陌生的地方谁也不会注意到我。这时我却想，或许没有人会注意，但在心里很深的地方，自己肯定也在期望着，有那么一个人，在某个未知的角落里关注着我，为我所做的或许微不足道的事情而开心。

我也不知道有没有，谁会知道。

跑步的路线再没有延长了，我对音乐广场再过去的那片草地一无所知。

林婕长得不高，面容不错，我对女生向来缺少可用的形容词，觉得就是个很可爱的小女孩，再说脾气也好，足够了。她在这座海岛上生活了将近二十年，而我在过去的二十年里从未吹过海风。此刻坐在大海面前，和我第一次走在沙滩上的心境并没有太多的不同。我对它怀有恐惧，但又想更靠近它。

林婕说，这是人的本能。我对本能的说法极其排斥，觉得这种解释是不负责任的敷衍，但矛盾的是，这仿佛又是正确的。

那个时候，林婕和那个突然出现的男孩子开始了一段漫长的对话。

我总在不经意间觉得，我和她之间有什么东西已经摇摇欲坠。她仍旧对他的名字万分保密，我无可奈何，况且于我而言也不是什么重要的事情。白天上课的时候，我偶然瞥见几回林婕低着头对着手机屏幕发笑，小心翼翼。

每每心急的观众觉得故事拖沓，唯独沉浸其中的主角才知道对白有多精彩。

不知为什么，我在心里起了些不大不小的波纹。

尽　头

婚　礼

原本以为，林婕夜跑的次数将会逐渐变少，甚至完全取消。但出乎我的意料，她仍旧风雨无阻地出现在公寓楼下，脚上甚至换了一双新的跑鞋。我若有所悟，没有细究。

女生公寓楼下仍旧日复一日地有男生在等待着自己的心上人，对于我的混入早已熟视无睹。只是不知道从什么时候开始，跑步之后的音乐广场，开始有了对话。

那天是周五，坐在音乐广场的她突然说："我觉得自己瘦了。"

我故意摇摇头，说："没看出来。"

她也不生气，接着说："我觉得你也瘦了。"

我哈哈笑出声来："你不用这样收买我，现在还想着减肥干什么？"

林婕听出了我话里的话，却没有开口。忽然起身走向了那一排石碑，我坐在原地，裹紧了身上的衣服。远远看过去，石碑上刻满了字，错落地并排着。

林婕走到了石碑后面，我看不见她了。

此后的两天，林婕都在傍晚发来短信，告知有事不能夜跑。

这让我不那么惊讶，加上考试临近我也就窝在公寓里看书，在低效率的复习中放松了两天，简单地猜测林婕这两个晚上的缺席应该是和那个男孩有关。

第三天晚上，我和林婕又一次跑到了音乐广场。

这一回，我们决定循着木栈道走回去。

记得刚刚进大学的时候，文学课老师是个留法归来的文艺女青年，那个时候“文艺女青年”还没有现在这么负面。有一回，她在课间和我们聊天的时候说，希望自己结婚后能和老公一起完整地走一回木栈道。

然后她对着我们说：“一定一定，要和重要的人，走一回木栈道。”

我们听罢，都连忙面色严肃地点了点头。

而此刻我和林婕走在木栈道上，海浪在黑暗中翻涌着扑向海岸上的礁石，风凛冽地划过我的脸，脚边的橙黄色地灯坏了几盏，脚下的木板在轻轻地抖动着，仿佛寒气正在盘旋着酝酿着什么，林婕若有所思地走在我的身边，我等着她开口。

林婕说：“你记得有多久了吗？”

我说：“快要二十天了哦，其实也不长。”

林婕说：“他昨晚跟我表白。”

我说：“我猜到了，你一定是拒绝了对吧？”

林婕转过头来看着我，在黑暗中看不清她脸上的表情，她说：“嗯……我觉得不对。”

“是感觉不对吗？”虽然我猜中了，但在风里我还是觉得自己的心跳在奇异地加快频率。

“是他和我表白的时候感觉不对。”她小心翼翼地纠正我，接着说，“我以为自己很喜欢他的，聊天的时候很开心，但就是没有办法接受他要变成我的男朋友了。”

“只是时间问题咯，”我笑笑，“你只是还没有心理准备。”

“可是我明明很希望赶紧有个男朋友。”

“当然啊，天气凉了，”我说，“他可以给你暖暖手。”

她露出惊讶的表情：“你已经知道他是谁了？”

“这无关紧要。”我无话可说了。

那天晚上之后，我发现林婕恢复到冬天刚刚到来时的状态。

课程调整之后，多了几节晚课，加之公寓开始要按时断电熄灯，我们便改成下课后在学校的体育场上夜跑。

夜里的风变得愈加湿冷，跑步的时候都舍不得把手露出来，生怕冻得冰凉。只是这样一来，跑步的样子远远看上去变得有点滑稽，绕了几圈实在没有跑步的感觉，便停了下来。

林婕落后了我半圈，过了一小会儿，她也跑回了我身边，我们两个人到寄存处去拿了书包，去公交车站搭车回公寓。走出体育场的时候，我回头望了一眼，才赫然发现几盏大的照明灯都没有打开，漆黑中依稀只能辨出人形。

也难怪没有了兴致。

某日，忽然想起有些日子没有看到林婕在上课的时候低头摁手机的样子了，我觉得还是什么都不要问的好，当了这么久的听众，明白每个故事都有自己的生长方向，不必替它多虑。

从这个礼拜开始，我们只有两个周末的晚上会去环岛路跑步。

一眨眼就到了十二月下旬。学校正式通知考试周的到来，系里也随之进入了温书假，林婕说这个学期快要结束了，那就等春天回暖了再接着跑。我说好。

但我们决定再去跑一次环岛路。

这一回，我们一直跑到音乐广场，路上谁也没有说话。空气里带着一股浑浊的气息，我的胸口又一次出现凉飕飕的感觉，远远望见那排石碑，我恍然觉得，这一年马上就要过去了。在广场停下来的时候，我深深地吸了两口气，仿佛重获新生。

我忽然想起了将近两个月前林婕的那个问题，脑海里闪过一幢幢欧式建筑，却怎么也拼凑不出一幅完整的画面。

我走过去，问林婕："你和他怎么样了？"

林婕抬起头看我，没有回答。

作为一个单身很久的男生，我当然不会知道一个女孩子的初恋该有怎样的心情，但我还是觉得林婕在这件事情上表现出了异常的冷静。虽然我当了无数个夜晚的听众，现在也只能默默地为这个故事做些期许。

我无意间知道了那个男孩的名字，是个物理系的男孩。

林婕说要和他去看足球赛的时候，是在某个周五下午的课间休息，几个要好的同学正在商量晚餐要吃什么，她的话被迅速地忽略了，我看见她的脸上闪过兀自喜悦的神色，忽而耳边放空，刚刚上课讲的是什么来着？关于理性和感性？我迷迷糊糊地觉得，真正的生活一旦到来，才是活生生的课本。

我只是在想，一个物理系的大直男，能有多少浪漫细胞呢？

圣诞节马上就要到了。那天傍晚我抱着一摞书去图书馆归还，出门的时候天已经黑了，空气里起了蒙蒙的水雾，路灯暧昧不清。经过体育场时，我看见很多人在夜跑，三三两两，或是独自一人，看不清脸庞。

这一回，灯光从很远的地方照过来，我愣了愣，快步走过体育场。

回公寓时经过女生公寓楼下，看见了几位等女朋友的男孩，他们低着头玩手机，似乎一点也不着急。我把手放在口袋里，手心察觉了一阵暖意。

洗澡时，我看着镜子里的自己，似乎瘦了，或者没有。

洗完澡已经熄灯了，房间里只有电脑屏幕还在幽幽地放着光。

忽然，手机振动着亮了起来，是林婕发来的短信，短短一句话："我答应他了。"

我看着手机屏幕，在微弱的光中，想起了和林婕的最后一次夜跑——到下一次夜跑到来的时候，一定有足够长的时间让我去回味。

我记得那排石碑上，刻着许许多多国家的名字，来来回回却找不到法国。

很久之前的那个晚上，林婕和我说，她想看看她能坚持一件事情多久。其实那时候我在心里想，所谓终点线，都是为特定的人或物而定的，就算你不知道结果会是什么，但是一旦到来，坚持不坚持就变得不重要了，到那时候想必无论是怎样的决定都有了充分而精彩的理由。

总是若有若无地回想起高三的那些夜晚，大多数人在那时的夜色里奔跑。

醉翁之意不在酒，各有各的心思。

原来我 无法 把 悲 伤 溺死在食物中

夏不绿|作品 薄荷味文艺作家
@夏不绿Donna

1

寿司还不叫寿司的时候曾是个身高一米六五、体重九十五斤的单薄少女。后来大学四年没见，回来时周围人都吓跌了眼镜，眼前这个白白胖胖活像个刚从师傅手里捏好的饭团的女生特么是谁！

寿司糯糯开口："嘿嘿，长胖了些。"声音青嫩青嫩，像是清晨刚落到草尖的露珠，要是以前，不知有多少大叔正太败在她的石榴裙下，可现在的寿司，异性只会爷们儿地拍拍她的肩膀，来句："兄弟，吃饭去！"

在回转寿司店里，见她风卷残云般扫光一整条皮带上的食物后，所有人再次惊呆，以前寿司可是小鸟胃，吃一点就撒娇般地喊："哎呀，实在吃不下了，好饱。"寿司君的这次寿司店之行，除了让请客付账的同志心痛了一把，还大大提高了寿司师傅做食物的速度，她"寿司"的外号也从此叫了下来。

寿司打了个嗝，很不好意思地看了看我们，像是在为自己吃得太多感到不好意思，跟满月似的大脸上浮现一丝红晕。

寿司其实挺好看的，她家和我一个小区，我们穿开裆裤的时候就一起玩，她是那种说话轻轻、笑容轻轻，就连体重也轻轻的女生，幸好中部地区不刮台风，否则她早被吹没影了。她成绩好，考上北方一所大学，从此一去就是四年，这四年她就压根儿没回过家。

2

晚上写稿到深夜，肚子饿了去楼下便利店买吃的。我拿了啤酒和花生，刚准备抬头就看见一只白白胖胖的肉爪利索地拿起两袋巧克力、两袋薯片、一盒绿豆糕、一包威化饼、两罐汽水塞进购物篮。

“寿司？”我惊讶道，“你怎么在这儿？”

看到我寿司脸一下红起来，仿佛做了什么亏心事，支支吾吾道：“我，我下来买点零食。”

我看了眼她篮里的东西：“你确定是一点儿？”

她呵呵干笑两声。

我们坐在公园，我剥花生，她吃巧克力，她问我要不要，我说我血糖高。我继续剥花生，她吃威化饼。我还在剥花生，她打开一罐可乐咕噜咕噜喝起来。我真怀疑她的胃是不是无底洞，吃了那么多东西纷纷都像掉进了没有底的洞，连回音都没有。

“你这么吃没问题吗？”

寿司正在拆一袋薯片，只听“嘭”一声，一股马铃薯油脂的味道就飘散在空气里。寿司手顿了下，然后掏出几片薯片塞进嘴里，边咂巴着边对我说：“不吃心里难过。”

不吃心里难过，就成了寿司应付所有人的话。

我亲眼看到她被家里人追着拉回家，不让她去外面吃东西。寿司父母担心女儿体重再发展下去一辈子都嫁不出去。寿司就抱着那棵陪我们一起长大的老榆树，鬼哭狼嚎地喊："我要吃回锅肉炒饭蛋包饭金枪鱼手卷炒年糕凉粉锅盔！"

那叫声一度绕梁不绝，每次经过那棵树旁，我都会下意识走近看看，老树有没有被寿司粗壮的臂膀弄残。

寿司父母为了她的减肥大计还各自分配了任务。寿司妈负责从网上找各种减肥食谱在家钻研烹煮，寿司爸则每天天一亮就把她拎起床出门跑步。

白水煮冬瓜，鲜榨苦瓜汁，薏米煮小米。寿司吃得哇哇大哭："我要吃火锅烤串拌饭寿司牛排！"

每天下蹲五十个，围着小区跑半小时，寿司身上的肉就颤啊颤，跟涨潮的潮汐似的。她呼哧呼哧蹲在地上，哭丧着脸对她爸喊："你打死我算了！我死都不要再跑！"说完寿司还身体力行地在地上打了两个滚儿，无奈体积庞大，并未看清她的运动轨迹。

寿司爸深深叹了口气："我也是为你好啊，你说你这么胖——"

然后寿司"哇"一声大哭起来，声音震天动地，震惊整个小区。我想当年孟姜女哭长城也没哭得这么伤心欲绝。路过的大妈大爷站在一旁帮着寿司爸劝："哎呀，你爸这也是为了你好，少吃一点也不会怎么样啊……”

其实他们哪里知道，寿司哭的不是火锅鱿鱼小龙虾爆炒肥肠寿司薯片，她哭的是自己，她一边哭一边念叨着什么，可惜没人听清。

据说那天回到家后，寿司爸把寿司妈准备的减肥餐全部倒进了垃圾桶，双手叉腰特别爷们儿道：“让这些东西都见鬼！我女儿爱吃什么就吃什么！大不了我养她一辈子！看谁嫌！”

寿司的减肥魔鬼旅程也就此结束。

3

寿司大学的时候交了一个男朋友，这个男生我们叫他海苔吧。海苔是位厨师，在他师傅开的小店里帮忙。寿司那天和同学玩到凌晨，一群人三三两两走在大街上，学校回不去，有人去附近宾馆开了房，寿司肚子饿了，便一个人沿着街边寻找还没打烊的餐馆。

撩开帘子，里面是木桌木凳，古色古香中带着点日式和风的味道。菜名写在旁边挂着的布条上，全是很简单的日常小菜。寿司点了一份酱油拌面，海苔端出来的时候赠送了她一份青瓜小卷。

“你一个女孩子大晚上出来很不安全啊。”店里只有寿司一个客人，海苔在寿司对面坐下和她聊起天，漫漫长夜，说说话更容易打发。“你是这附近大学的学生？”

寿司掰开筷子，和和面条，夹起面上的煎蛋咬一口，里面的蛋黄嫩得流出汁水。

“是呀。”寿司抬眼看了看海苔，很干净英气的男生，眉眼似画，却藏着一股涉世未深的傻气，“你们店二十四小时营业？”

海苔点点头：“等到了早上七点我师傅就过来接班，我回去睡到中午继续过来帮忙。”

“这么辛苦。”寿司惊讶得咋舌。

“因为我有严重的失眠症。”说到这里海苔觉得有必要补充一句，“是家族遗传。”

第二次再来这家店是寿司被男友劈腿，她伤心得一个人去酒吧喝酒，她也不知道自己喝了多少，反正昏昏沉沉，走起路来不分左右东西，迷迷糊糊走到这家店外，没多想，撩开帘子进去。

“给我一壶烧酒，再要盘花生。”喝了酒的寿司说起话来嗓门也大起来，店里的客人都朝她看去。

海苔急忙走过来拉她到一个角落坐下，端一杯温热的茶水给她。

“你乖乖坐在这里，不要说话。”说着海苔用食指在嘴边做了个噤声的手势，“不然什么都不给你吃。”

寿司立马用手捂住嘴，睁着泪汪汪的大眼睛，像个做错事的小孩子一样，点了点头。

过了会儿，海苔端出一碗黄澄澄的汤水出来，用不容置疑的语气对寿司说：“喝完。”

寿司大概是被吓住了，也不敢问，端起碗咕噜咕噜就喝了个底朝天。味道酸酸的，很提神，只觉得脑子一个激灵，酒醒了大半。后来才知道那是海苔特意给她用橄榄和杨梅煮的醒酒汤。

寿司眼睛透过放低的碗沿看向海苔，声音糯糯的：“我饿了。”

店里没剩什么，几袋吐司，还有剩黄瓜和鸡蛋。海苔拿出所有食材给她做三明治，寿司坐在对面，用手托着下巴，神情专注地盯着海苔的每一个步骤。黄瓜切得每块都一样大小，和鸡蛋一起夹在吐司里，涂上蛋黄酱，然后用刀切成两个三角形。

“给你。”海苔把其中一半递给寿司，另一半自顾自大口吃起来。

寿司想自己就是在那一刻喜欢上海苔的，很久后她在书上看到一句话：不需要关心我的人生取向、宗教观、社会意识，只需要一个知道我昨夜煲了一个靓汤，夹痛了尾指，填了一首好歌的人。就是在这些微丝细眼棉干絮湿之中，酿出真正的感情。

4

后来寿司搬出学校跟海苔住一起。不知怎么寿司父母知道了这事，听说自己辛辛苦苦培养了二十年的高才生居然跟一个小餐馆的师傅好上了，真有种好好的白菜给猪拱了的心情。父母两人不远千里赶过来要棒打鸳鸯，寿司却噘起小嘴，挺起胸，理直气壮地对他们说："我就是喜欢他，除了他我谁都不稀罕，等我一毕业就跟他结婚！"

后来寿司父母气得直接以断绝生活费做威胁，可那又怎样，寿司丝毫没有妥协。在外兼职两份工，每学期成绩都能拿到国家奖学金，和海苔的小日子过得还算凑合。每天打完工，寿司就去海苔店里，海苔煨一锅热乎乎的骨头汤，有时候是牛奶鲫鱼汤，汤色浓稠弄得整间屋子满是味道。有客人常来问海苔这汤多少钱一碗，海苔都宝贝兮兮地说："这汤是给我女朋友留的，谁也不卖。"久而久之，海苔煲的汤都被客人打趣统一说成是"老婆汤"，谁也不能喝，除了寿司。

"海苔每次做饭都会围一条藏青色围裙，后来他叫人在上面绣了我的名字。说是一做吃的就会想起我，想起我就能在烹饪里投入情感，有情感的食物才是世上最好吃的。那几年我就没去过其他馆子，天天都吃海苔给我做的饭。他知道我爱吃辣，特地去学了湘菜、川菜的做法，一盆辣子鸡，我们就着冰啤酒可以吃得干干净净，吃得嘴唇冒火，变得通红，呼啦呼啦喘气，就像两个着了火还死开心的小屁孩。

“海苔说以后存够钱就开家馆子，我们夫妻同心其利断金，生一窝小兔崽子，人多吃饭才热闹，不要怕养不起，不要怕没钱，全家人在一起就算白米饭也能吃得香喷喷。”

寿司一边说起这些一边抹着眼泪坐在我家沙发上吃煮好的大闸蟹，她眼泪掉在蟹肉上，还哽咽着继续吃完，我真担心会苦着她。可是就像我之前说的那个无底洞，再怎么伤心，那一整盘大闸蟹都进了她肚里。

5

察觉到寿司的不对劲是一个月后，我正在一家粉店嗦粉，寿司进来了，她看了我眼，笑笑又走出去。我没多想，继续埋头吃。过了会儿，感到对面出现一团阴云，抬头看到寿司站在面前。她一副欲言又止欲拒还迎欲哭还笑的表情，弄得像是便秘。

“你怎么了？”我问。

寿司摇头，眼睛盯向我碗里的粉，一层红油浮在汤上，虽然我吃了一半，但它诱人的色泽依旧不减当初。

“要吃吗？”我说，“我再叫一碗。”

“不不。”寿司急忙摆手道，“我不吃，我就看看。”

“……”

原来寿司准备减肥了，这次不是父母逼她，是她主动想要减肥了。

“怎么突然想通了？”

最后我给她要了份切黄瓜，什么都没有，就是没盐没味的黄瓜，她也吃得津津有味，但那种有味不是正常人吃东西会有的，是对食物欲求不满的有味，即使不好吃也能吃一大盘，直到撑到打嗝，胃被胀坏。

寿司没说话，继续咂咂嘴里的黄瓜。

我以为她嘴上说说，坚持不了几天。可当看到她在小区里像筛筛子一样动着全身的肥肉跑步、下蹲、扭腰，每天抱一大堆减肥资料回家研究的认真劲儿，我都想，这次该是认真的了吧。就连我深夜去便利店买东西也再没遇到过她。我印象最深的是一次朋友结婚，喜宴上大盘大盘的肉摆上桌，寿司坐我旁边，我看见她眼睛都直了，猛吞口水，抓起手边的茶水咕噜咕噜使劲往嘴里灌。

我说：“适当吃点也没关系。”

然后寿司就拿眼睛瞪我，把她减肥道路上一切阻碍她的人都视为仇敌。我不说话，几小时下来，她就可怜巴巴地死盯着一盘花生米吃。婚礼结束，我心想着完了，俗话说欲速则不达，看到寿司气势汹汹地打了辆车报出一个餐馆名字就扬长而去，我猜她八成要暴饮暴食了。

我跟着她，直至在一家馆子前停下，寿司下车摔门走进去，她坐下，可只点了一份切黄瓜，坐在角落里，整个身子像坨巨大的异物，不合时宜地嵌在店里的沙发上，她只吃了切黄瓜。

后来寿司真的瘦了，一开始是五斤，看不出变化，只觉得人精神了。接着是十斤，脸小了一圈，她笑得更多了。然后是二十斤、三十斤，直到减下一整个儿童的体重。她又变成那个说话轻轻、笑容轻轻、体重轻轻的单薄少女。不过这是好几年后的事了。

6

寿司说，她整夜整夜失眠睡不着，起床去客厅找东西吃的时候，听到父母房间里传来说话声。

寿司妈说："寿司再这样下去可怎么办？"

寿司爸叹口气："大不了我们养她一辈子。"

"早知道当初就不反对她和那个男孩子了。"

"人都死了，还说这些干吗？就算不反对生老病死这事也不是我们能控制的。"

寿司妈接着呜呜哭起来："可是看到寿司那样子，我这当妈的心也跟着难受啊……"

寿司走到厨房，看到锅里还剩一半的汤，是骨头冬瓜汤，上面已经冷出一层白腻腻的油。寿司开火将它重新热好，倒出一碗站在厨房慢慢喝完。她突然之间就觉得不想再吃东西，食物慰藉人心，但真正愈合伤口的还是爱。寿司在那碗汤里喝出了海苔以前常说的烹饪情感，只有有情感的食物才是世上最好吃的。

寿司鼻子一酸，她差点就叫出海苔的名字，她在那个晚上梦到海苔，海苔说："寿司你真胖，即使我死了也不会爱你了。"

寿司说："你人都死了有什么资格嫌弃胖子？"

"你少吃点会死吗？以后谁敢要你啊。"

"你都不要我了还管别人干吗？"

海苔突然就认真起来，严肃地说："寿司你这个死胖子要是你嫁不出去我会死不瞑目的！"

那句"死不瞑目"让寿司一下从梦中醒来。

醒来后寿司决定减肥，后来发现了这个小餐馆，她常来，因为里面的摆设氛围很像海苔以前那家，寿司说里面有海苔的气息。

"我很爱海苔，他死后我根本无法接受，我只能用食物填补心里的那个空洞。可是我吃了那么多东西，再也没有吃到比海苔做得更好吃的饭菜。

"我看到父母每天一边担心我一边还要强颜欢笑和我说话，他们怕一不小心碰到我的伤疤。他们一把岁数了还要整天为我担心，我真是自私。

“后来，妈妈每天开始给我煲汤，都是刮油水的。平淡无味，可我却觉得这是世上最好喝的东西。最后我终于想明白，不是食物本身的问题，是人心。如果内心荒芜了，即使是再好的东西也尝不出滋味。海苔去世我封闭了自己的心，也封闭了自己的爱和感受。

“可是失去的人生终究要靠自己找回，我继续停在原地也不会让海苔活过来，我唯一能做的是带着他的爱继续生活，并且要活得很好很好。”

说完这些，寿司抹抹眼睛站起身继续忙活去了。她把这家店买了下来，重新装修布置，店名改成“海苔和寿司的馆子”。

我在店里点了份牛奶鲫鱼汤，汤汁浓稠雪白，用嘴吹吹，喝一口，心暖掉半截。

突然想到一句话，长的是深夜，短的是人生。这短暂的人生里，我们无非是想在一个孤独的时刻有碗热汤喝。在没有你陪的岁月里，用食物填补空缺的心。但是再悲恸的时候都有结束时，站起来重新出发。擦擦眼泪，喝完热汤，开始没有你的人生。

不作死的胖子，你要好好爱自己

苏向暖|作品 言情作家 文艺逗逼女青年
@苏向暖向暖而生

这个世界上总是有这么一种胖子，在他们的身上必定都背负着一个又一个感天动地的故事，他们习惯性地用这种借口来逃避内心世界里的真正想法，其实他们比谁都想要变得更美好。

我认识一个女孩儿，她叫作小白，是一个不折不扣的死胖子。之所以叫她死胖子，是因为她真的太厚脸皮了，几次三番劝她减肥，然而她却一边吃着薯条，一边喝着可乐，高喊着："吃完这顿一定减肥！"

结果大家都能够猜到，这并没有什么卵用。

久而久之，我也就不再劝她了，因为我发现，食物，可能是唯一带给她乐趣和安慰的物品。

其实，胖子从前一点也不胖，相反瘦得可怜，她那娇滴滴的样子让许多男人曾为她着迷而又疯狂过。老实讲，我曾以她为荣。

只是没过两个月，从来不敢轻易谈恋爱的胖子，忽然谈起了她人生中的第一次恋爱。作为她的好闺密，她迫不及待地告诉我这个消息，我虽然震惊，但还是会为她开心，其中也不乏我的善意提醒，然而，热恋中的女人绝对不会听从你的任何不良想法，她只是会一个劲儿地告诉你："安心啦，他的为人我还是很清楚的，你的担心真是多余。"

此后的每一天，她的QQ签名、微博、微信，到处都是有关这个男人的言论，从前的自拍照换成了他的自拍照，或者是他们二人一同登台，俊男靓女，羡煞旁人。

只是这样幸福而又快乐的日子总是那么短暂，只不过四个月的时间，胖子的恋情就宣告到了终点，让人措手不及。

胖子找我哭诉，但始终不说明理由，经过我几次逼问，她才老实地说，那个男人有了新欢，她这个旧爱自然而然就被抛弃掉了。

“那个男人现在去了哪里？”

“北京。”她的声音带着一些绝望、空洞。

原来他早就有想去北京打拼的想法，只是胖子一直拖着，他这才耽误了近半年的时间，半年之后，他终于踏上了去往北京的旅途，然而胖子却还在痴痴念念地等着，直到听说了他出轨的消息，曾经的美梦一并被击碎，让她心痛不已。

我皱着眉头安慰她，不过是个男人，没什么好难过。当然，安慰失恋的人不单单是口头上的安慰，还需要肉体上的弥补，因此，在她分手不过三个月的时间，体重骤然而升，胖到了人生中最胖的阶段。

“我无法停止下来，你就让我吃吧，我一停下来，我就觉得我很闲，很难过。”这句话是我听过的最悲伤的话，并且还是从她的嘴里冒出来的。从此之后，我便再也没有劝阻过她减肥的事情，一直到我来到北京的第二年冬季。

当我听说胖子也来到北京的那一刻，我分明有几分不安，我多怕这个傻胖子会为了这个男人而来吃苦。要知道，在家里她可是一个不折不扣的娇娇女，从小被宠到大，没有做过一件像样的家务活儿，现在她一个人要来北京闯荡，除了感情，我实在想不通还有什么是她能够坚持下来的。

我果然没有猜错，胖子兴奋地手舞足蹈，按照她的思想，她想和他来一场华丽的重逢之旅，幻想着自己会是言情故事里的女主角，与许久不见的男主角重逢相爱。

我迟疑地问着："难道你自己就没有想要实现的梦想吗？"

她大概真的有认真地去想，结果却是摇摇头。

一个正值青春年华的姑娘，脑子里却没有半点奋斗的念想，我不知道这对胖子而言是好还是坏，但这是她所选的人生，她应该要为自己的人生去负责。于是我大胆地让她去挽回曾经的感情，也祝福她能够有一个好的结果。

然而，那个时候的胖子还不明白，爱情就如同食物一样，食物最长的保质期只有一周，当这份精美的食物发了霉，变了味儿，无论再如何加工，它到底不会再像从前那般可口。

爱情也是如此，一份爱情的保质期有多久取决于两个人的真心，若真心相待，这爱情也可以一直保鲜下去，品尝到的味道永远不可能是发了霉味的，但若其中一人变了心，就像食物发霉一样，难闻、难吃还闹心。

胖子再次找我的时候，她的脸上却写满了平静，心如止水一般诉说着和他重逢之后的故事。

“后来呢？”

“我放弃了，因为我觉得，自己不再是从前的自己，现在只不过是个死胖子，我也无法原谅他出轨对我造成的伤害，对他的感情，只有恨与不恨，所有的事态都在提醒我，过去了，就让它过去吧。”胖子说起来特别轻松，轻松到让我有一种不安的错觉。

原来即便多么深刻的爱情，最终也会熬不过现实的动摇。

我能够感受到从胖子身上传来的绝望感、兴奋感，和一些对未来的恐惧不安感。

从前能够支撑她来北京，并且在北京工作长达三年之久，全凭对一个人的感情死撑，随着时间的流逝和现实的演变，她终究是放下了这段触不可及的恋情，她虽然会痛苦一段时间，但不会永远后悔。她所有的兴奋感，是终于告别过去，和现实来一个拥吻，而她的不安，则是不知道还有什么信念可以支撑她继续走下去。

直到很久很久以后的某一个深冬，我意外地在报刊上发现了她的名字，便立马联系上了她。再见她的时候，她早已不是初来乍到的小姑娘，而是气场浓重，满脸写着“我就是女王”的死胖子。

如果说世界上的胖子都是油腻的，那么在她的身上，只能感觉得出她胖得清爽。

我还是像从前一样喊着她死胖子，这一次，她忽然挑起眉头扫向我，说着：“我可从来都不觉得‘胖子’是一个贬义词。”

相反，“胖子”这一词，有的时候却是救命的良药。

自从放下了那段不堪回首的爱情之后，她便将自己关在出租屋内，狠狠地反省了一夜，经过一夜的自顾自洗脑后，她焕然一新，如同重生一般。

她想了很久，把身边的亲戚朋友，通通想了一遍，都没能够想出谁才是她下一个死撑的目标，直到半夜上厕所，照到镜子中憔悴的脸庞时，她这才恍然大悟，为什么她一点都没有为自己做过任何打算。

她的工作，都与他有关，她的活动范围，都是与他有关的人，在北京三年之久，她的交际圈虽然广大，然而休息的时候，她却没有一个电话可以打得出去。

后来，她狠心地割舍掉关于他的交际圈，踏入完全属于自己的圈子开始磨合，找到了自己的兴趣爱好，开始钻研，不过一年，她便有了不小的成绩。

她虽然胖，但也有一颗渴望被爱的心。后来，她的才华被认可，有一些慕名而来的人对她展开了追求，让她第一次觉得，胖也并非一点不好，至少让她知道，她并不是因为本身的相貌才被追求着。

“现在的我，很知足，有了事业，也有了名声，还有了真正爱的人。”说起来，她满脸的幸福。作为一个死胖子，她真是为胖子界做了一个最完美的榜样。

胖子的电话铃声响起，她接了一会儿，便匆忙离去，只是这一次的离开，步伐坚决有力，头也不曾回过，像是走向新的起点，对着旧的过往说再见。

再见青春，曾经饱受过摧残。

你好现在，现被温柔对待着。

每一个胖子都曾经有过一段辉煌的历史，这历史可能会是辛酸的、难过的，抑或是美好的，可是只要你依然保持一颗积极向上的心，有时候，胖子也会很美丽。

有个学生，暑假报名来学日语。因为半年后要去日本留学，所以很认真地每天在学校上课和自修。

然而他学得并不好。应该说是很不好。他是某重点大学的理科毕业生，按理说智商肯定没问题，也很努力，可就是学不好。

一般人一周可以掌握的内容，他不知咋的一个月了还掌握不了。发音和语法更是一路跑偏，而且我看得出来，他很焦虑。他反复问我这个句型重不重要、那个动词变形会不会考，以及多久可以考N2、应该准备什么教材，等等。

我忽然想起了我开始健身的时候，经常缠着教练问多久会有效果，结果三个月后发现没什么明显效果后就很少去了……

我每次健身也是很努力，练得头晕眼花，大汗飞洒。结果是过犹不及，练伤了好几次，反而对健身的兴趣越来越淡然。

学习语言和健身都一样，越是急着要结果，越是没耐力坚持。

他也跟我讨教了好几回，然而我渐渐发现，在他努力却学不好的背后，有着类似的问题。

其实他对日语和日本文化根本没兴趣。完全是因为学校有一个推荐的机会就争取下了，然后因为对日语的等级有要求，他就很上进地来报了班。

他根本不喜欢学语言，也对学习日语本身不感冒，不看动漫，也不看日剧，他想要的只是一个结果，一个证书。这当然沉浸不下去，因为每一刻的学习，他的心都不在上面，看上去很努力，实际上是在浪费时间。

这就像，如果我和一个姑娘恋爱不是因为相处愉快，而是因为她适合结婚，直接为了结婚而去，那么在一起的每一刻，我的脑海里都有可能精神出轨。

当人一味求快，对事情本身漠不关心，只想早点结束拿到结果，那么事情本身也不会给你好的反馈。因为心不在那儿，杂念就会蜂拥而至。

知乎上有一句话说：以多数人努力的程度之低，根本轮不到拼天赋。

然而我并不认同。

首先我想说，“努力”本身就是一种天赋。

注意我说的“努力”，是有引号的。

真正的努力，应该是一种明白自己在做什么，又能时刻投入在当下和其中的自控力。而非内心烦躁焦虑，表面废寝忘食。

多数人的努力，只是让自己看上去很忙碌。

有极少一部分人，做什么事都可以很快投入专注进去，不受打扰，努力精进。这是一种极大的天赋。

我认识的那些学霸，无论给他们一本什么书，都可以很认真地看完，并且总结出自己的逻辑与收获。

这种天赋的核心是，做一件事的时候心很静，没有杂念。

而且我认为，这其实可以后天修，比如禅宗的正念，就是驱逐杂念，驻留当下。当做一件事时，只停留在这件事，不因将来的想象和过去的回忆而打乱自己，那就是专注的最好状态。

更多的天才，或者所谓成功者，在于很幸运地找到了自己能专注投入的领域。

天才不是什么都会，而是知道自己不适合做什么后，就果断抛弃，专注于自己能做好的事。

而大多数人的所谓努力是什么呢？

是勉强自己做自己不乐意做的事情。

是他们自己觉得枯燥、无趣，但是却又认为是正确的，是该做的，所以逼自己去做。

比如你让韩寒去做数学题、去研究物理，他肯定不乐意，估计啥都做不成，及格都困难。

但是他聪明或者幸运的地方是，很早就发现了自己的擅长和兴趣所在。我相信开赛车、写杂文这种事，对他来说更多是享受乐趣。要说努力，这两个行业比他努力的不在少数。

如果一个人对自己所做的事情完全有信心，他就不会焦躁狂热。

凡是焦躁狂热的状态，通常都是深层的自卑心作祟。

所以你去看那些学霸，你看不到他们很拼命读书的感觉，而且通常都是面无表情，非常淡定。

而自修室那些头悬梁锥刺股的人，往往都是临时抱佛脚者。

只有对自己没有信心的事，人才会产生通过说服自己，可以量化的努力和外在的痴狂，来安慰自己。

当我们在做一件事的时候，先不去想着成功与否会怎么样。

成功当然很爽，但如果不成功，我们是否还会享受当下做的事？

如果是，我认为那就是真正的成功。

因为，你已经不需要依赖外界的承认，已经获得内心的满足。

当我明白这个道理之后，我重新开始感受健身这件事。

不再执着身材马上变好，而是真正去热爱运动这件事。

感受每一组动作带给我身体的变化，观察气息的流动，汗流下来的燥热痛快，拉伸时候的酸爽，享受运动后大快朵颐的畅快，第二天神清气爽的精神。

当我真的开始投入运动之中后，我发现身体也慢慢变得精神起来。

只要能保持当下不杂，就已经开始生出智慧。如果你能开始了解自己，不刻意去改变而只是照着自己的本质活，那么你就会开始蜕变。

“我认为一个人可以默默无闻地活在世界上，完全不被人知道，没有名气、野心和残酷。如果一个人不认为自己有多么重要，他可以活得相当快乐。”这是我推崇的克里希那穆提的一段话。

也是我，今生最大的追求。

平静，温柔，有趣。

只要我自己认可自己，一切都是完满的。

与诸君共勉。

漂　泊

我

也

不知道

我　为什么

会在这儿

你　不知道　我的名字

一彻同学|作品 微博红人 伪清新段子手兼知名幻想狂
@一彻同学

那是个昏暗无星的深夜。

那天我刚从酒吧出来，独自一人喝了两个多小时的啤酒。我走到小区里面，看到旁边的椅子上发出淡淡的火星。经过的时候多看了一眼，是一个穿着运动服，扎着马尾的姑娘。我看到她正在抽烟，这显然与她的形象不太符合。于是我借着酒劲，坐到了她的身边。

“陌生的姑娘给我一支兰州好吗？”我说。

“没有兰州。”她冷冷地说。

我很无语，没想到她居然这么不懂幽默。

“那……那你就随便给我支烟吧。”我说。

她掏出烟盒，抽出一支烟，正当我伸手要接的时候，她忽然把烟抛到了空中，我慌忙抬起头想要接住，但由于喝了太多酒，只觉得天旋地转，就这样栽倒在她怀里。

“你要干吗？”她低头看着我。

“为什么戏弄我？”我无力地问她。

“连支烟都接不住还怪我弄戏你？”她很不屑。

我本想解释是因为喝了酒，但是被她发亮的眼眸吸引住了视线，我只觉得自己很想把她带回家，不只是因为她抽的烟也是我最喜欢的牌子。

她看我盯着她不动，作势要推开我。

我连忙说：“别推，别推，再推就吐了。”她没有说话，把头转了过去。

“别啊，好不容易看见一次星星。”

“哪里有星星？”她疑惑地看着我。

“就在这里呀。”我盯着她笑着说。

她呆了一下，忽然用力把我推开：“真俗！”

“去哪里呀？”

“跑步。”

于是她便起身去跑步了，大半夜又抽烟又跑步，这什么人啊。

我坐在椅子上，“哗”的一声就吐了。

第二天早上醒来的时候，我发现自己躺在楼道里。喝醉真是不好啊，居然走到家门口却睡着了。我起身掏出钥匙开门，但是怎么也打不开，仔细一看这并不是我家，拍拍脑门后我便要离开，结果门从里面打开了。

“你不光是酒鬼还是小偷？”

看到她冷冰冰的眼神，我才想起昨晚的事。

“不好意思啊，走错屋了。还有，虽然你把我放在楼道里睡了一晚，但还是谢谢你啊。”

我看了她一眼，她还是那副表情，我便离开了。

回到家后，我洗了个澡。躺在沙发上拿出手机，翻看附近的微博，结果看到一个微博上面居然是我的照片。我平躺在小区门口的椅子上，一只胳膊朝上举着，烂醉的表情连我自己都无法直视，再看上面写的文字：一个标准的路边酒鬼。

进入她的微博后发现果然是那个高冷的女人。我很气愤，直接走出家门，再次来到她家门外。

结果这次我没有敲门，门又自己打开了，走出来一个气势汹汹的男人，恶狠狠地瞪了我一眼便离开了。

我不知道自己为什么一直被人冒犯，于是我也气势汹汹地走进了她家，她坐在沙发上低着头，刚走近她身边，她抬起了头，居然已经哭成了泪人儿。

她就这样泪眼婆娑地看着我，我忽然想起昨夜发亮的眼眸，大脑一片空白，将她压倒在沙发上吻了起来。我看到她惊慌失措的眼神，然后她用力推开我，接着我就被砸了一擀面杖。

原来是那个男人回来了，我捂着头坐在地上，那男人拿着擀面杖骂了一句："婊子。"接着便要过去打她，我挣扎着起身冲了过去："你敢打我女人，我×你全家……"然后我便很潇洒地被他痛扁了一通。

那男人离开后，我鼻青脸肿地坐在她家沙发上，她在旁边一言不发，就这样静默了大约十分钟，她站起身说："给你包扎一下吧。"

我笑了笑："别扯了，你以为拍电视剧啊，你有医用箱吗？"

“我去买。”她走出家门。

我站起身来参观着她的家，然后进了她的卧室。只有一张床、一个衣柜和一张书桌。简约得令人发指啊，我默默地想。

走到她的书桌前，上面放着一本日记。我兴奋地打开来看，看了三篇，都是一些日常的琐事，但是每一篇下面都有一句同样的话：我的意中人是个盖世英雄，有一天他会踩着七色的云彩来娶我。

我想了想自己刚才被打的表现，无奈地摇了摇头。

再次回到沙发，刚摆出奄奄一息的状态，她便回来了。

“没买到。”她说。

“没关系。我躺一会儿就好了。”

“打算躺到啥时候？”她皱起眉头。

“不知道，能躺多久躺多久，反正我最近也没钱交房租了。”

她白了我一眼，坐到我旁边：“你怎么跟个傻逼一样啊？”

“你叫什么名字？”我没有理会她的挑衅。

“代萌。”

“这个名字的含义是代表你很萌吗？一点都不贴切啊。”

她点了一支烟递到我嘴里：“少说两句吧。”

“刚才那个是你男朋友吗？”我问她。

“不是，是我未婚夫，不过现在应该是陌生人了。”她淡淡地说。

“抱歉啊。”我很自责。

“没关系的，本来今天就是要跟他分手的。”

“是不是觉得他不是盖世英雄？”

她难以置信地看着我：“滚，你个不要脸的！”

于是我就被她赶出了家门。

之后的几天，我没有再见她，每天上班下班吃饭喝酒睡觉，微博里私信了她几次也没有得到回复，仿佛又回到了之前孤单的日子。

喝得烂醉躺在她怀里，醉态被她拍照发微博，去她家被她未婚夫痛扁，还有我大脑空白时的强吻，这些事就像一颗颗深水炸弹一样一直在我心海里爆炸。

我一直认为孤独是生命本来就应有的一种状态，是生命的真相，无法逃避也无须逃避。但是现在，我却觉得非常空虚难熬，我好想她。

我决定再去找她，可是我去了她家敲了半小时门也不见动静，在楼下等到晚上也没有见到她回来。

我觉得非常心慌，不断地在微博私信她。到了晚上她终于回复了一句：“我去旅游了。”

我：“在哪里？”

她："乌镇。"

我："啥时候离开？"

她："还想待两天。"

然后我脑中出现了一个疯狂的想法——我要去找她。

第二天下午我已经出现在乌镇的小路上，我打开微博问她："在哪里？"

她："乌镇呀。"

我："乌镇哪里？"

打完这句话后，一辆车从我身边"唰"地驶过去，我一惊连忙抬起头，然后我就看见了她。

她正提着好多袋子，一只手拿着手机艰难地回复我。

我非常激动，我觉得这就是命运，我一定要带她回家。

在旁边的男孩那里买了一枝玫瑰花，我便飞快地朝她跑去，然后又是"唰"的一声，我被车撞了。

不是古镇吗？怎么会这么多车？这是我倒下去后最后的想法。

不知道过了多久，我终于醒来，身上被包得严严实实，打着点滴。

是深夜，我看着窗外，没有星星。

她趴在我床边睡着，我想伸手摸摸她的头发，却无法动弹。

我呆呆地看着她，然后流起了眼泪。

我好惨啊，自从遇到你，不是挨打就是被车撞啊。

我默默地哭着，哭到兴起，声音也大了起来，她被吵醒了，看见我在哭，也哭了起来。我哽咽着说：“你别哭了别哭了，你哭什么啊？”

结果她也哭得更大声了。

“花呢？”我哭着问她。

“在呢，可是上面都是血。”她哭着回答。

“我好想你啊。”

“我也是啊。”

我笑了起来：“这样才符合代萌这个名字嘛。”

她没有回答，又泪眼婆娑地看着我。

“真好，又看见星星了。”我低声说。

她还是没有说话。

“这次回家咱俩一起看《大话西游》吧。”我继续说。

她点了点头。

“然后做我老婆吧。”

她说：“你那天不就已经说我是你的女人了吗？”

“对对对。”

我忽然想到了一个问题：“你为什么不问我叫啥啊？”

她低下头摆弄起了床单。

“说啊？”我有些不爽。

“那天你在我家挨完打，我就给你起了个名字。”她怯怯地说。

“啥名字？”

“至尊宝。”

分手 应该选个 好天气

夏木七|作品 言情作者
@夏木七-

自打我和宁言约好分手应该选个好天气之后，南京的雨竟缠绵了一周。

一大早睁开眼，摸出手机，解锁，界面还停在昨晚盯着睡着的墨迹天气上，动感的蓝天白云上飘浮着“南京，晴，26摄氏度”。

我眨了眨眼，又看了一遍，这才伸手戳了戳背后的宁言。

“今天晴天。”

“睡醒再说。”他翻身抽走我怀里的抱枕，继续背对着我。

“你是不是反悔了？”我自讨没趣的问题自然没有得到答案，心里明白叫不醒一个装睡的人，我便开始起床，照旧准备早餐。

开了窗，阳光和他都在。

我怔了一下，似乎已经很久没有这么跟宁言窝在一起了。

他在外企做市场，我在报社做编辑，一个北京，一个南京，忙起来更是鞠躬尽瘁死而后已。

调休年假，这么难得的相处，却是为了当面分手。

他退掉了我提前订的机票，选了最慢的一趟火车，十四小时的车程，终于，他到的时候南京正下着瓢泼大雨。

我知道他没有带伞的习惯，凌晨两点拿了把伞就往小区门口冲，一边跑还一边骂：“尿货，要是飞过来早该分完手回去了。”

他习惯性地接过我手里的伞，一把把我抱在怀里，被淋湿的衣服冰凉冰凉的，我推了推他，正想开口，他却抢先一步。

“别骂了，这种天气不适合。”

“𡵴货。”

我“噗”的一声笑了，伞上的雨水刚好落在脸上，直到现在才后知后觉地发现那一瞬间其实我是流泪了的，我也不知道为什么。

如果没什么原因就怪天气。

又想到天气的时候，我又看了看窗外，朝阳洒在小区的景观湖上，波光粼粼，甚是好看。

是时候将分手提上日程了，我暗自鼓励。

当然，如此千里迢迢前来分的也不只是手，还有猫。

大学时期我俩一起领养的两只流浪猫，一黑一白，不眠、不休。

早餐已经准备得差不多，我走到阳台拿了猫粮装进不眠不休御用的餐具里，宁言在的这几天倒是对它们疏忽了不少，我伸手摸了摸两只，嗯，都瘦了。

估摸着宁言也该睡醒了，我轻声走进卧室，果然他已经皱着眉头站在窗口，说来也奇怪，这人皱眉的时候倒是比平时又好看了三分，白衬衫遇上清晨的阳光，好看极了。

那一瞬间我差点就跪在地上求自己收回成命，分什么手，这么俊俏的小生落在别人手里岂不是暴殄天物。

好在我还是清醒的，开弓没有回头箭。

于是我利落地在他耳边打了个响指：“怎么样，天气不错吧？早饭已备好，不如我们边吃边谈？”

“你再这么猴急，我就该怀疑是第三者插足，当心我让你净身出户。”

欢快地相互你推我搡，是我们一直以来的相处方式。

净身出户可不行，至少我得争取不眠、不休的抚养权，于是我乖乖噤了声，按部就班地把早餐搬上餐桌。

宁言喜欢单面煎八成熟的荷包蛋，做的时候我都没有发现自己将他的喜好记得如此清楚，看到他拿着筷子悬在半空中的手，我这才忙不迭地替自己开脱——

“狗改不了吃屎是习惯，正如我习惯煎单面八成熟的蛋。”

“真担心你以后嫁不出去。”他已经吃得津津有味，忙里偷闲回了我这么一句。

我突然也有点惆怅了，跟宁言在一起四年了，虽然是做好了足够的准备谈分手，却忘了计划没有他该怎么生活，虽然一直聚少离多，但分开和分手毕竟不同，分开是他不在却总会回来，而分手是他一直都在，却再也不能因你而来。

见我突然沉默，他边吃边笑：“下次再谈类似的事情记得选好下家买定离手。”

“有你这么落井下石的吗？再怎么说我也是货真价实的前女

友。”我举着筷子怒目而视。

“打住，在不眠、不休划分之前请去掉女友前面那个‘前’。”他一字一顿，一个“三前”规则横空而出。

“不眠、不休我都留下，空闲的时候你可以过来看它们。”

“可是我不能看见你。”

“那不眠、不休都归你，你得允许我隔三岔五地去叨扰。”我忍痛割爱。

“那你会打扰我的生活。”他抬头看我，停下了手里的动作，“这样吧，不眠归你，不休归我。”

“可是不眠离不开不休。”我即刻反对。

“你都离开我了。”他说这话的时候声音很轻，不紧不慢地继续吃饭。

一声闷雷，光线开始暗了下来，刚刚放晴的南京城又开始下雨。

我张了张嘴正想说什么，再次被他打住。

“又下雨了，这种天气不适合，我们说好的。”

雨又下了几天，这几天我和宁言没怎么出门，他在家里打打游戏听听音乐，我就偶尔蹲在旁边看他浴血奋战，偶尔看看从公司带回来的稿子。

一则新闻，男人为了女人办了足以让我倾家荡产的盛世婚礼，女人掩面而泣。总有人活在不同的幸福里，然而大多数都是在别人眼里。

我和宁言最奔波的一天，雨下得很大，不休生病，不吃不喝，一直在墙角趴着，我和宁言跑了四家宠物医院，打针服药回来它一直闷闷不乐，不眠一直在旁边转来转去时不时地抬头看看我呜咽几声，简直把我心疼得不要不要的，宁言更是恨不得天天坐在旁边给不休讲励志故事。

他讲有一次我发高烧，深夜，也是下大雨，不方便去医院，他就按照家里老人给的土方子折腾了一夜。他说，不休，你应该向左包子学习。

他讲大一军训那年，我扭伤了脚，一个多星期，他都借了我班女同学的帽子偷偷溜进女生宿舍背我来往，我宿舍住六楼，他脸不红心不跳的，后来我好了，他差点练出八块腹肌。他说，不休你应该向左包子学习，伤了还能吃能喝的，不见消瘦，体重一天天上涨。

那几天里他都没有打游戏，每天早早地起来照顾不眠、不休。

社里打电话通知我明天该去上班的时候，我才惊觉半个月的假期就这么在风里雨里晃了过去。

分手那个话题却一直缺少好天气。

我给不休量了量体温，还算正常，看来宁言的励志故事没有白讲，我将体温计递给他：“好多了，记你一功。”

“那必须的，这可是双起死回生的手，你就安心去上班吧，有我。”宁言拍拍胸脯，一如既往地嘚瑟。

“你不用上班吗？要不今天谈谈吧，雨好像也停了。”我讪讪开口，自知时机似乎不对，却又讨厌自己拖拖拉拉。

“你看看这里，”宁言指了指房间四周，“难道还没有起死回生吗？”

他的鞋袜，他的衬衫，他的剃须刀，他的笔记本，他的健身器，他的味道，他的不眠、不休和他的我。

不知不觉已经全是他的痕迹，我突然发现我要的从来不是分开，而是他在。

“左方圆，以后我都在南京，什么样的天气算好天气我说了算。”他用最惯用的霸气姿势与我紧紧相拥。

折腾来折腾去，我竟喜极而泣。

到后来才发现，如果想要在一起，没有适合分手的天气。

时间请你慢点伤害我的他

琳戴戴|作品 非主流电台主播配好吃写手
@琳戴戴

刚看完徐静蕾自导自演的电影《我和爸爸》，感触很多。之前就想过写写我的爸爸，但总是写了却又放下，今天安下心来，写写我和老爸的小故事。

都说“老小孩”，年龄越大的人越孩子气，你看那些自称“宝宝”的人是不是都二三十岁了？最近发现，我的老爸也加入了淘气的队伍。

现在爹妈都加入了微信大军，老爸在我的指导下微信也玩得越来越溜，以前给我打钱还要去ATM转账，后来电脑上用支付宝，现在直接用微信转给我。没错，我的老爸就是这样一个潮人。

故事一：在同辈亲戚里，他算是电脑玩得最溜的吧，开网店的老爸，一个人包办了整理店铺、发货、美工等任务，PS是他的好助手。最初开网店还专门报了个班学习，四十岁的人重新当学生，一点点学，不懂的下课就去找老师问，再不行回家了就问我，现在他的PS功力估计比我都要好了，我已经把我会的都告诉他了（其实就是最简单的抠图啊套索之类的）。有时候太久没弄，他会忘记复制粘贴的快捷键是什么，会忘记怎么把图一拖到图二，然后就把我叫去。有时候有的东西我也弄不好，他会“酸溜溜”地说：“不知道你会什么哟，还大学生呢。”我就会拍他几下说：“你行你别叫我呀。”

故事二：潮人老爸那天看了我朋友圈分享的一篇文章，竟然给我打赏了2元钱，以资鼓励。后来我说打赏的钱我得攒到100元才能取出来，他又默默地跑去赏了我200大洋，让我哭（xin）笑（xi）不（ruo）得（kuang）。

故事三：我微信上喜欢换名字换头像，这就让他很“困扰”，他那天看我换了个外国美女，过来跟我说：“你怎么老换微信照片，这样不坚定，喜新厌旧。”

我说：“看心情，你改备注不就好了。”

“净整这些没用的，我早就备注了，要不哪能认得你，还整个洋美女。什么代表心情好什么代表心情不好，请回答，我要学习学习。”

我竟无言以对：“随便找的（哭笑不得脸），觉得好看就用了。”

不知道他是年纪越大越小孩，还是那颗童心一直在，只是平时不表露出来而已。

《我和爸爸》里，徐静蕾说：“我爸对人好就是请人吃饭，给人做饭。”这让我瞬间想起了我的老爸。他做饭的手艺真的很棒，至少在我和我弟弟妹妹的眼里是这样的，感觉家常菜里没有做得不好吃的。去年过年他第一次在家做的梅菜扣肉，真是好吃到哭。暑假我说我要做麻辣香锅试试，他直接推开我自己上手，做出来的和外面的无异，获得一致好评，他自己也说："不错不错挺好吃的。"他的好手艺直接导致了我们出去吃都会很挑。

每到过年，家里的菜几乎都是他一个人准备：炸丸子、酱牛肉、酱肘子、酱猪蹄、红烧鱼、红烧肉……每次有亲戚朋友来家里，绝对是满满一桌子的菜。就连普通的素菜都能做得很美味，醋溜土豆丝是弟弟的最爱，茜茜姐每次来几乎都会有的麻婆豆腐……

因为在外地上学，每次回家都比较珍贵，所以一回家就能吃到好吃的。一般是我想吃什么他就给做，想吃火锅了，就一起去买食材，他自己回来调麻酱；想吃饺子了就我俩一起包，他调的蘸料我都觉得很美味，虽然就是简单的醋、酱油、蒜末；想吃炸酱面了，他就去买黄豆酱然后回来自己弄，所以去北京玩的小伙伴们经常说那些"老北京炸酱面"一点不好吃，我说那是不正宗，好吃的酱真的很好吃！

其实很喜欢跟老爸一起包饺子，两个人能互相关注这一件事，在这个过程中和谐地聊聊天（说实话我很少跟他坐下来聊聊天什么的），有时候老妈下班早，还没包好饺子，她也会加入我们，我们三个一起包，聊聊天。记得那次我们三个一起包，聊到不知道哪儿，我对老妈说："其实老爸经常在别人面前说你好，只是在你面前他不好意思说出来。"老爸笑笑说："知父莫若女啊！"

老妈有时候开玩笑说："只有你回来我们才能吃顿好的。"仔细一想，回去一般都能喝到排骨汤啊老母鸡汤啊，而且鸡汤里从来不是孤单单的一只鸡，还会有桂圆、参片、莲子、百合、薏米这类辅料，绝对大补！

也可能就是因为他，我对吃有着某种热爱，暑假在家没事儿倒腾做点吃的，现在在宿舍有小锅也爱倒腾点吃的。我觉得吃好了也是很幸福的一件事，可小可大的幸福。去朋友家做菜，发现每个人处理食材的方法风格迥异，而我是完全继承了老爸的风格。比如，茄子很多菜里是切成滚刀块啊，完全不理解切成片儿的人，西红柿炒鸡蛋的西红柿也是滚刀块啊。

老爸性子急，做菜的时候一般不让人帮忙，因为他觉得别人的手脚太慢，会耽误他做饭的步伐。确实如此，两个灶一起来，他一会儿就能完成别人可能需要一小时的任务。也许大厨都是这样吧，或者在某个领域里做得比较好的人，可能都不太愿意别人插手。

家里的饭桌上，是他跟我传授生活经验最多的地方，一边吃饭一边看新闻，时不时大家就针对那些社会新闻探讨一番。

"不要相信花言巧语的男生，油嘴滑舌的不靠谱。"

"那些在楼下弄得轰轰烈烈表白的男生不靠谱，净爱弄花架子。"

"你一定要经济独立，这样你以后的日子才能过得舒心，过得不依赖别人。”

“不要太相信陌生人。在外面不要喝酒。”

“做人要诚实，别有那么多心眼儿。”

……

说老爸潮，他也有很古板的时候，有时候古板得让我懒得和他辩论，就是那种“你永远叫不醒一个装睡的人”一样。我们两个有时候也会争吵，因为没及时接到他的电话也会被说一顿：“你怎么比国家总理还忙，不是天天挂着手机吗，怎么连电话都接不到……”很无语，有时候生气了就会跟他顶几句，语气很不好的那种。顶完两句嘴，两个人又开始好好地说正经事。这就是两个急脾气的人相处的常态。

我是什么时候感觉老爸真的老了？

是的，他真的老了。研究生开学，他要送我来学校。本来觉得我都这么大人了还要家长跟着送，会不会显得我很不独立之类的，他也说过不然就算了让我自己来学校，可是也只是嘴上说说，最后还是跟我来了学校。就像刚上大学那会儿一样。

我们两个人的东西不算多，但是行李真的挺沉的，而且宿舍在五楼（高度相当于六楼），搬行李成了一件很辛苦的事情。老爸一下子把大箱子举起来扛在肩上，我拖着我的小箱子走在前面。等我快到三楼的时候，他在二楼停下来休息。没说累，但是喘息声很明显。

“咱们多歇会儿，慢慢走。”我说。“没事没事，休息一下就行了。”话音刚落，又继续扛着箱子上楼。就这么走走停停，我们终于到达了终点。在屋里的时候他说：“哎呀真是老了，扛箱子都要扛不动了。”我脑海里浮现了大一送我去学校的画面，爬六楼的他好像没有休息这么多次。看着他满头大汗，心里酸酸的。

送我报名当天晚上，他就走了。背着一个书包，里面装着奶奶给他准备的元宵面粉、老家的大月饼、新出的菱角什么的，特别特别沉，他都勾着背了。我告诉他下次别装这么多东西带回北京了，北京一般都能买得到。他嘴上也这么说，但是我知道，他下次有机会还是会带这么多东西。那是他的妈妈给他准备的东西，是他很久不曾品尝到的家乡的味道。

送他上了公交车，车关门，我挥了挥手，转过头去。眼泪不争气地掉了几滴。我不愿意看到他们的衰老，不愿意时间就这么残酷地在他们身上留下痕迹，然而我却无能为力。

这篇文章是个开头，因为关于老爸的回忆和小故事有很多。以后希望自己能继续记录下来。还有和妈妈，和弟弟妹妹的故事。

好想家。想那个有亲人在的地方。

我活得没你想的那么惨

米粒D|作品 文艺知心派作者
@我是米粒D

小君是我大学的舍友，属性女汉子，pH值强酸，腐蚀性高到爆表。当年以一篇《狗日的美学》艳压四座，把文艺美学教授怄得一口老血喷在试卷上，直接让小君挂科重修。

后来毕了业，她闲散放肆的性子还是难改。开始是在一所高中当老师，后来去了机构代课。听说有一阵子跑到外地去会网友，风餐露宿地都快揭不开锅了。

校庆那天，我们宿舍的人几乎都集齐了。几年不见，大家赶紧一一汇报近况。圆圆如今常驻巴黎，在中法交流中心负责电影宣传，时不时就和巩俐啊子怡啊牵个手，合个影。云儿在工作两年后一使劲考上了英国的比较文学硕士，正欢天喜地地收拾行李奔赴日不落帝国。大莉和我都早早地结婚，相夫教子，忙得四脚朝天不亦乐乎。言谈中，大莉给我们“无意”透露了她老公在房地产公司干得风生水起，连升三级，如今位列高管，年薪直逼百万元。

“哇！”大家一片羡慕嫉妒恨，直夸大莉眼光独到下手早，在茫茫人海里挑中了一只连续涨停的优质蓝筹股。我也赶紧把老公的职位上调一级汇报给了大家。“都主编了？我就说嘛，你这当年的小才女肯定得嫁个文化人。”大莉边夹菜边恭维着我。

“你呢？”终于轮到问身边一直沉默的小君了。大家都听到过一些关于她的传闻，她近况不佳，大家都心照不宣。此刻气氛有些尴尬。

小君猛塞了口硬菜，鼓着腮帮子一五一十地娓娓道来：“我从学校辞职了，目前在机构打工，时忙时不忙。”

“啊？你辞职了？”大家惊呼，“老师多稳定啊，还有寒暑假。”

“稳定是稳定，就是挣得有点少。我现在单身啊，公司里有合适的帅哥想着点儿我。”小君一边嚼一边云淡风轻地说。

“啊？还没男朋友呢！你虚岁都二十七岁了。”大莉夸张地撑圆了嘴。

“是二十八岁。”小君纠正道。

“唉！”一声叹息后，大家都沉默了，暗地里对着眼神。

“别叹气啊，我过得没你们想的那么惨。”小君不解地看着我们，“我干一段歇一段，时间比以前自由多了。机构虽然辛苦，但课时费不低。我十天高考串讲能挣一万两千元，后半个月我可以出去旅旅游，不用都挤到寒暑假。”

“哦。”我一惊，暗比了一下自己朝九晚五累死累活的公务员工资。

“你们知道的，我大学就喜欢研究清史。”小君接着说，“我去过上庄几百次，向各大学清史教授讨教，跟各地的清粉们交流。如今已经出版了两本关于纳兰的畅销书，去年还贷款买了房。”

我们都不说话了，吞着口水各怀心事。

再细看小君气定神闲的样子，完全没有传言中穷困潦倒的窘迫，精致的妆容，合身的短裙。可能是因为未婚，还保留着大学时代熟悉的青涩模样。摸了摸自己生完孩子留下的大肚腩，真是不知道该为谁担忧为谁愁了。

不知从什么时候开始，我们变得特别悲天悯人。不结婚的，我们觉得她不幸福；做北漂的，我们觉得他不稳定；在国内的，我们觉得她没本事；移了民的，我们觉得他太孤独。

我们自顾自地评价着别人的生活，用我们的选择来衡量别人的得失。可我们都忽略了，每一种生活方式都有它的利弊，每一条路上都有鲜花和掌声，也有荆棘和坎坷。不同的人有不同的走法，不同的道路也有不同的风景。悲观的人可能会把阳关道走成独木桥，快乐的人也能把羊肠曲径变成康庄大道。

我们和小君只是选择不同，却各有各的精彩。谁也不是谁的救世主，不用通过虚构夸大别人的苦难来获得暂时的满足感。生活本身就是如鱼饮水，冷暖自知。

别再替别人操心了，人家活得没你想的那么惨！

就　这样 —— 热切地　生活

全职　备胎

米娅|作品「ONE·一个」常驻作者 定居捷克布拉格的新锐作家
@米娅小姐啦

1

汪国铮再次见到孙楚楚，是在一场蓄谋已久的结婚典礼上。

当时，新娘正手握捧花站在大堂门口迎客，满面春风，长长的鱼尾婚纱轻拂地面。面容生涩的未婚夫错身立于她的左前方，手握香槟，仪表堂堂西装革履。

汪国铮出现在门口的时候，没有任何人注意到他，几位旧时故交正忙着现场调度，一对新人正与各位宾客把手寒暄。

他也不上前打招呼，默默绕过他们的视线，挑了五米以外被石柱遮去一半的桌子径直坐了下来。圆桌一圈围着些面目新鲜的陌生人，部分是新娘的好友亲朋，部分是新郎同公司的工作伙伴。大家蜻蜓点水般地相互自我介绍，而后各自扎堆儿谈天说地，徒留汪国铮一人情绪低沉地埋头翻看着手机。

得知孙楚楚结婚的消息，是在十多天之前。

汪国铮在一家互联网公司做网编。晚上加班结束顺手打开邮箱，一封标记着“大学校友”的群邮件随之闯入视野。

他毫无防备之心地点开来看，不想打眼儿就瞄上了孙楚楚的照片。照片中的楚楚正将下巴抵在一个陌生男人的肩头笑得灿烂，下方正正写着:“五月十日，光华大酒店”。怕被大家忽略似的，就在那行小楷正下方，还故意被标记上了两道触目惊心的红线。汪国铮头脑发蒙一个趔趄，毫无意外，摆在桌角的紫砂茶壶以迅雷不及掩耳之势滚落地面。

这天晚上，汪国铮像是误食了咖啡因，心肺激荡彻夜无眠。虽然往事渐行渐远，但这条众人眼中的喜讯依旧迫使他坐在阳台外侧一小堆儿半死不活的仙人球中央，抱着茶壶残片抽了大半个晚上的烟。

2

楚楚是汪国铮大学时期的旧爱，分分合合飘摇共生长达一年之久。

睡在上铺的兄弟王馒头自始至终将他们之间的恋情形容为“拖泥带水的租赁关系”，汪国铮说他是不明内情断章取义，说完还不作罢，当天半夜便满目狰狞地摔碎了王馒头的热水瓶。

王馒头广而告之汪国铮重美色轻义气，没过多久，汪国铮便被一票蓬头垢面的单身男青年踢出了风靡一时的《魔兽争霸》大群组。汪国铮自我安慰说，想必那群单身狗也是羡慕嫉妒恨，顾不上反击，只顾着一心一意掏出真心真肝真肺一捧一捧往楚楚眼底下送。

遥想当年，孙楚楚是传媒系出了名的小百合。她以纯洁无边著称，用汪国铮的话来形容，那确是天真得丧心病狂惊心动魄。

在结识楚楚之前的十多年，汪国铮情感世界中掌控“男欢女爱”的板块儿正所谓放眼贫瘠寸草不生。并非因为他的面目朴实到不堪入目，只因他从来都是众人眼中的蓝精灵，老师眼中的模范优等生。一直等到大二末尾，孙楚楚如同甘露般降落在了他还未丰沛便要干涸的情感荒漠里，仿似一场大雨，浇得汪国铮身心通透。

与楚楚取得心理乃至生理上的大联谊，是在学期末的一次欢庆晚会上。楚楚做主持人，汪国铮为合唱团二号男领唱。

那时候，楚楚已经有男朋友了，是位名叫“任某某”的高干子弟，也是校友眼中叱咤风云的奶油少年。那次晚会，他作为男主持与楚楚一并登场。

上半场，土木系女生表演了风靡一时的霹雳舞和民族歌舞大串烧，神形俱似郭德纲的男生讲了几段单口相声……校长大人皇阿玛似的坐在贵宾席正中央，左拥右邻着几位保驾护航的院系主任。整个儿场面看似顺风顺水，一片中规中矩的祥和景象。

小百合作为整场晚会的女主角自然一亮相光芒万丈。她的肩胛骨上像是长出了两片天使羽翼似的，享尽众生赞誉的同时，睫毛忽闪唇齿肆意飞扬。

不想节目进行到四分之三，却闹出了个天大的笑话。就在人人拍手称道孙楚楚是自带光环的天生大明星的时候，她却破天荒地卡壳儿了。

当时，楚楚报幕正好报到汪国铮他们的节目，是一组四声部的大合唱。台词讲到一半，她的嘴巴像是被绑架了似的，忽而以复读机特有的频率一遍遍重复着“友谊地久天长”六个字。重复到第四遍，全场哑然。紧接着是一串长达四五秒的停顿，惊得在座各位领导、员工、摄像师瞠目结舌。

彼时，搭班儿男主持“任某某”就站在离楚楚不到一米远的舞台左侧。他当时明显也被卡蒙了，像是被天外飞来的倒霉蛋砸晕了似的硬邦邦挺在原地，握着话筒的手紧贴大腿。他想方设法地想要救场却也无计可施，也就斜着眼角死命盯着楚楚的睫毛看，好像再用力一点儿就能够内功奏效，盯出个平铺直叙口若悬河。

远远望过去，俨然一只翻着白眼儿的格格巫！

分秒之间，爱意与羞耻感觥筹交错。站在话筒正前方的汪国铮上前一大步，猛蹿了一个高音，“啾”的一下，平地一声起！

在座各位的目光还没在女主持身上落定，便又以迅雷不及掩耳之势放过楚楚，丁零咣啷一股脑儿砸到了斜后方的汪国铮身上。来不及反应，空气中悬浮着的惊异感更上一层楼……

那次事故之后，人们对于楚楚的失误绝口不提。很显然，这是意料之内的结局。她是大家眼中的小蝴蝶，再致命的差错也敌不过她的出淤泥而不染。

可汪国铮就没那么幸运了。他怀揣忐忑英雄救美走一遭，到头来被合唱队驱逐不说，还被校方记下了一次大过。

夏　　天

离人群很远

次日，汪国铮徒手站在系主任的实木办公桌前痛定思痛，稍微抬抬眼皮就能瞥见墙上挂着的六字校训——“成人、成才、成功”。

他三番五次地辩解，说自己是因为声带临时怯场才造成了那般不可挽回的事故。可主任却轻撇嘴角，半脸不屑一顾外加半脸毫不认同，他打心眼儿里认定了汪国铮是故意扰乱公共会场。

汪国铮满腹不平地听从发落，校长手捧茶杯，苦口婆心地说教着。他说：“汪同学，你别看自己现在是小小地扰乱会场，可要是再这么肆意妄为下去，指不定哪天就会变成恐怖分子反社会反人类哟！你们这一代啊，可真是没有吃过苦中苦，加之目前为止三观也还没有完全成熟定型，很难分辨是非对错的！要面壁思过！要及时进行自我解剖！”

汪国铮垂头丧气从校长室走出来，觉得真是风雷滚滚天地无良心啊，没想到自己好人好事活雷锋，到头来却被悲摧结局喷了一身墨。

他回到宿舍也不理会大家满含幸灾乐祸的慰问，径直躺上床，用棉被将脑袋死死捂住。王馒头走到宿舍门口，又像是突然想到了什么，故意退回来两三步。就在大家不明所以的时候，他扬起袖子大喝一声——“自作自受哦哥们儿，打怪兽缺一个战友，活雷锋，你来是不来哦？！”

汪国铮操起一只拖鞋砸过去："好好儿说话，别讽里带刺的！爷保不齐就是孙楚楚心里的活雷锋！她肯定心领神会！不好意思明说！"

难兄难弟们接二连三对此摆出了嗤之以鼻的姿态。馒头带头，大家当作什么都没听见，一溜烟儿窜向一楼小卖部。

果不其然，第二天晚上孙楚楚便单枪匹马来到了汪国铮楼下。先是拨了一通电话，等了好一会儿见活雷锋迟迟不肯接听，硬是抱着个礼物盒杀到了宿舍门口。

当时大家都去打怪了，宿舍里就汪国铮一个人。为了驱除整个世界满满的恶意，他故意摆出了歪歪扭扭的大字形，一丝不挂躺在床中央。

楚楚推门而入的瞬间，汪国铮正在潜心修行。他被这位不速之客吓了一跳，一个鲤鱼打挺从床板儿上弹了起来，拉过被单的同时，从脚到头血液逆流成河。

孙楚楚"哇呀呀"地号叫一声单脚跳到门外，等了半支烟的工夫又重新将门推开。那时候，汪国铮已经穿好衣服了。她几步跨到他面前，语调出了奇的冷静。她说："屋子里很黑我刚才什么都没看见，这是给你的礼物感激你救我于水深火热。就这样吧，大恩不言谢！拜拜了！"

还没等汪国铮说出"谢谢"，楚楚就半捂着脑袋落荒而逃。汪国铮扇了自己两个大嘴巴，再三确定这不是一场求而不得的美梦之后，这才摁亮台灯拆开礼物来看。

是一只挂着两坨大胸的瓷水杯。汪国铮眯着眼睛笑出了声儿。他暗暗盘算着："还真是心有灵犀啊，百合姑娘还真了解我的品位！杯子杯子一辈子，小百合今天送这么个意义深远的礼物一定是意味着什么。再说，她都已经把我看光光了！女人心，海底针，指不定就是蓄谋已久的呢！"

想着想着，汪国铮一面舔着白花花的大牙龈子一面攥紧了手中的棉被。

3

那次造访骤然而起却也戛然而终。自那晚以后，楚楚不声不响地割断了与活雷锋的联络。

汪国铮好几次都要沉不住气了，他思前想后啊，遵守礼数也许不总是件好事儿，是不是霸王硬上弓反而显得更有男子气概一些呢？他犹豫了四天五夜，终于决定抢占先机倾情出手。

汪国铮翻遍"四书""五经"以及十四行诗，费尽前二十年苦苦积累下的所有文学造诣，为孙楚楚量身定制了一条"小百合"牌表白诗。

可就在按下发送键的前一秒，王馒头的一席话令他恍然大悟。

馒头说：“兄弟兄弟，就你这样傻头傻脑毫无心理战略地冲上去很容易撞树。再者说，你硬件软件都比不上人家任某某哟！我给你指条明路，像你这样典型性弱势追求者，必杀技能应该是欲擒故纵。这样，你就时不时以昙花一现的操作方式在小百合的生活中亮个相，嘘寒问暖送饭递水之类的。一次别给得太多，但要像重锤那样在她心里砸下难以忘怀的坑。让她将你的关心变成习惯，欲罢却又不能！记住咯，恋爱这种事儿谁先动心谁先输。很明显，你已经输在起跑线上了，之后的每一步可千万不能轻举妄动！”

汪国铮坐在床头，怅然若失了大半个晚上，好不容易才算是略微领悟一二。就按照馒头说的，先这么蹲着守着揣摩着，最坏的结果不过是做回活雷锋。再说了，活雷锋就是要做了好事不留名啊，救了姑娘含泪扭头挥挥手也就罢了！

就这么守株待兔地原地待命半个多月，军师王馒头不下令，汪国铮不敢出手。他觉得自己的人生真是单调，前二十年可算是白过了，追个姑娘还无法自行料理，得靠亲友团拔刀相助。

汪国铮像是蓄势待发的猎狗那样死守着，念叨着，心心念念盘算着。

突然有一天，他竟然以火星撞地球的机遇和孙楚楚再次取得了联系。是她约的他，晚上八点半，定在了学校东门口的鲜奶吧。

收到消息之后，汪国铮疯了一样洗澡、剃毛、凹造型。他将袜子从抽屉底层一股脑儿地统统拉出来。先是闻了一轮儿，挑出几双没那么催人泪下的，又闻了剩下的几轮儿。经过层层筛选，最终选定了双画着兔八哥的套上。

一阵风过，裤脚被轻轻撩起。随之，兔八哥那两颗倒挂着的大板牙明目张胆地紧裹在了他那白萝卜似的脚腕儿上。

汪国铮全然没有在意。他迎风吹着口哨，几撮遮眉碎发被劣质发蜡纹丝不动地固定在头顶，远远看过去，像一坨垮掉了的乌云。

其实那天晚上，孙楚楚和任某某闹了场不轻不重的分手。至于这次爱情事故的导火索，便是小百合联欢会上的口误。

任某某说楚楚真是丢人丢得惊天动地毫无保留，楚楚怨任某某眼巴巴地望着自己出丑却没有及时鼎力相助。就这样，几番你推我搡过后，虽说势均力敌，可楚楚一气之下还是拎着背包离开了他们的合租房。满以为任某某会一把鼻涕一把歉疚地追出来求和，不想她躲在树荫下等了很久，却连个鬼影都没等到。

因为要挑选与衬衫相匹配的长裤，汪国铮迟到了十多分钟。推开店门的时候，楚楚已经蜷身在角落里坐了好一会儿了。她小声抽抽搭搭着，蓬头垢面，毫无往日的光鲜可言，面前正放着一杯橙黄色的杧果奶昔。

汪国铮向吧台点了一杯脱脂鲜奶，没闹清楚状况，张口就问：

“女神，你深夜一人出行，男朋友怎么没跟着呢？”说着便做贼心虚似的缩着脖子环视四周。

孙楚楚翻了个水灵灵的大白眼儿，用力咬了咬吸管儿。她说：“我们分手了！我失恋了……你肚子饿吗？一会儿陪我逛逛东门夜市吧！”

汪国铮一听，也来不及辨别内心深处是忧是喜，总之惊得差点儿没从沙发上掉下来。他伸出大半截脖子用力吸了几口鲜奶，仰头的瞬间，嘴角还悬着几丝儿白乎乎的奶沫残留物。

“你是说分手？真的假的？是彻底分了吗？”

汪国铮傻乎乎地刚问出口，孙楚楚便“哇”一下大哭出声。汪国铮手忙脚乱地忽闪着胳膊，他解释说：“不是啊不是啊，我不是幸灾乐祸，只是想核实一下，怕等会儿你男朋友看见咱俩了找人揍我！”

“到底去不去啊？！”楚楚抿住嘴唇低吼了一声，故意将吸管儿咂得“吱吱”响。彼时，汪国铮眼中的她，俨然一只受了伤的毛绒小怪兽。

汪国铮支支吾吾了好一会儿，大口吞咽着白花花的奶沫。

楚楚见他举棋不定的样子好着急，不管不顾加上了一句：“五块钱三条街，陪酒的话加十块外加抱一抱！”

汪国铮掐指一数，当头一句“于情于理好划算”，一个鲤鱼打挺，杯子往桌角用力一搁，撒丫子就往门外赶。他一边跑还一边扭过头来对着小百合浅声催促：“快来呀快来呀孙楚楚，我们去吃咖喱鱼蛋吧，再晚点人太多大排档抢不到座儿！”

寒风猎猎刮过，他心满意足地呼吸着西北风，看来黑锅没白背，好事儿没白做，原来打肿脸充活雷锋，到头来也并非一场空！

就在那场霓虹在握的良辰美景中，在一盆撒多了茴香和花椒末的麻辣烫之后，一个微醺过半的拥抱，令汪国铮与孙楚楚之间那段说不清道不明的关系拉开了序幕。

4

第二天午休，汪国铮站在高低床的扶梯上手握风筒郑重其事宣布自己恋爱了。

王馒头当时正持着一把简易剃须刀刮胡子，突然感到耳边“呼”的一阵旋风，他一个激灵，刀刃在下巴上昂首扩胸地一划而过。馒头“哎哟”了两声，回过肩，半脸埋怨半脸不屑地望了一眼镜子左边的汪国铮。

他说：“你还是歇歇吧活雷锋，敢干公之于众的那才叫恋爱，你这顶多算是暧昧加备胎，没什么好庆祝的！”

汪国铮一听，野蜂乱舞的手瞬间像只大马猴似的僵在了半空中。良久，他跳回到地面，几步跨到王馒头身后，随之摆出一副气势汹汹的怪模样。他说：“备胎怎么了？暧昧怎么了？这一切描述听起来都像是在说‘潜在发展空间上下无边，任我攀登任我霍霍’！大不了我就继续等啊继续揣测啊，等到哪天正胎彻底坏死毫无回天之力了，我就找准时机乘风破浪驻扎进小百合的生命，抓住她的大腿打死不松开！”

汪国铮甩着大牙龈子，唇齿翻飞，喷得王馒头心神荡漾一头雾水。

可话说回来，任某某的爱情失误也确实阻碍到了汪国铮正常行进的情感道路。恐惧感多多少少是有一些的，他觉得那样一个硬件软件配置超高的优质少年，竟然都会被小百合回眸一笑挥手甩入尘埃中。像自己这样一穷二白又全然没有恋爱经验的雀斑宅男又怎么可能心无旁骛一往无前？

他在操场东头的小超市买了两瓶色彩浓烈的冰峰找王馒头诉苦，心里盘算着，就算被讽刺得狗血淋头也比自己冥思苦想毫无头绪强百倍啊……

不想这次，王馒头竟收起了那股与生俱来的刻薄劲儿，义正词严鼎力相助。他将太阳色的玻璃瓶摔得“啪啪”响，打头儿就来了句：“这玩意儿别乱喝，色素兑激素，喝多了容易身心颓败残害后半生。”

汪国铮显然是没回过神儿，半咧着一副性感厚唇愣在原地，想问什么却迟迟没问出口。

馒头也不等他反应，将手头的篮球一掌拍到了两米外的草坪上。他说：“别害怕啊活雷锋，凡事都有利弊，可以反过来做做自我疏通啊！你就当是多多总结前人a、b、c以及任某某的经验教训，将他们的失误，当作你和小百合这段关系的参照物。”

汪国铮一听，乐乐呵呵地原地满血大复活。他一口气喝完自己的冰峰，又一个闪身夺下放在王馒头左侧的那瓶，甩着橙黄色的大牙龈子，对着馒头呵呵笑。他说：“你不喝我喝，哥们儿，最后一次，买了就别浪费呀！”

那次事关离合的争吵过后，楚楚打包好日用品搬离任某某的小狗窝，住进了一位同校学姐的自租房里。那是一间五十来平方米的单身公寓，距市中心很近，离学校却有四十来分钟的路程。

学姐是位文学系的高才生，与楚楚是在一次演讲比赛上认识的。上到第三年，学姐说是要为自给自足的荣华富贵而战，开始接各种各样与文学相关的活儿。

楚楚问她：“你这么拼心拼命，一天到晚天旋地转跟个大陀螺似的，到底是在忙些什么啊？”

学姐将染了墨水的桌布塞入洗衣机滚桶，一边舒展着腰肢一边给出答复。她说：“从赚小钱开始，慢慢圈大钱下手操刀啊！我的确忙，忙着赚名气，赚利益，赚关系，赚自尊！这个社会就是个活生生的大旋涡，停滞不前的人总会被黑暗吞没的。”

那段青黄不接的日子里，无论天光微熹的黄昏还是月色迷离的后半夜，小百合都会被活雷锋妥妥护送回学姐家。

汪国铮说自己是她独家定制的限量版变形金刚，身临险境的时候充当她的奥特曼，痛彻心扉的时候变身成会嗷嗷乱叫的小怪兽。很多时候，汪国铮比楚楚早下课，他也不到处乱晃悠，就推着辆横杠自行车，分秒不差在东门外的电线杆子下守着。只要小百合一现身，他便接过她的背包，拉她去相隔一条街的甜品店吃甜品。

楚楚喜欢吃冰淇淋，半份儿野莓加半份儿香草口味儿。等服务员将瓷盘端上桌，再当头淋上一杯滚烫的意大利式浓缩咖啡。汪国铮支着胳膊坐在桌子对面，他不动声色地盯住楚楚看，那无比专注的神情像是患了面瘫。他觉得小百合挖冰淇淋球儿的样子真好看，一圈儿一圈儿从外向里循环开来，小心翼翼的样子特别惹人怜爱。

一旦小百合不经意间抬头与他目光对峙，汪国铮便“呼啦呼啦”故意用力吸起杯底儿的珍珠来。他跟楚楚说：“你这吃法还真是新意辈出！”一边说还一边伸手擦去粘在她鼻头上的奶油。

5

可好景不长，没出半个月，东门拉面馆儿，孙楚楚与任某某像是带了磁铁的两片破镜一般跨伤跨痛再度聚首。

二月十四，汪国铮生命中第一个真正意义上的情人节。亲力亲为，亲身参与，他说要给小百合惊喜，于是提前半个月就和她约在了拉面馆门口。店门口有一棵很是著名的大榕树，枝繁叶茂腰身粗壮，树干周身贴满了各式各样的征友信息，打眼儿望过去，红红绿绿风起云涌，俨然一份单身校友宣传录。

那天楚楚打扮得特别精致，淡妆樱唇，穿羊绒长裙和卡其色大衣。不由分说，美得一如既往空前绝后。她提前半小时出门，以为会堵车，没想到却早到了，于是坐在靠近大树的那张木桌边等着。

不一会儿，有人上前轻轻敲了敲桌角。楚楚以为是汪国铮，笑着抬头，火光之间，不想竟然撞上了任某某。她先是一愣，想都没想便丢出一句："怎么是你呢？"

任某某单手扶椅背，随之摆出一副风度翩翩的站姿。他挑着眉毛坏坏地笑："你说说，怎么就不能是我？"

楚楚手足无措地低头，吸了一大口汽水，浅声说了句："好巧……"她的声音好一番飘忽不定，和久久未平息的心神一样下沉上浮。

的确好巧……那时，汪国铮正拿着一枝寓意丰盛的红玫瑰站在门口，裤子兜儿里揣着折成了爱心形状的情诗。那情诗是他费尽气力憋出来的，一天半句，外加反复疏通，整整用尽了大半个月的心力。

前一天晚上，他站在床前，紧握着王馒头的右手声情并茂练习了十多遍，听得王馒头想哭想吐想跳楼，到最后恨不得将头塞进水瓶里。

那首诗是这么写的——“想你想你，止不住地想你。近看你是雨，远看你是云。想你，想你，想你，止不住想你的思绪，就像无法停止的呼吸……”

当时，王馒头听完这首打油诗的上半段，做出了足以令自信心轰然倒塌的评价。他说：“恶心坏了，坏了，坏了……活雷锋，我终于知道你为什么独守处子之身清心寡欲二十年了。”

6

对于五米之外汪国铮火辣辣的目光，楚楚全然没有察觉。一个充斥着海誓山盟的节日，一次伤情难却的偶遇，将小百合心内残存的余情一把火点燃。

汪国铮躲在那棵大榕树背后潜心观察着任某某的一举一动，揣摩着孙楚楚的一颦一笑。他想要上前，想要一语将他们拆得天各一方，想要一把将楚楚拉到自己身后告诉任某某有多远滚多远，可想来想去，终究是忍了下来。

他忍住了，却也用尽了自己前半生的修养。

汪国铮抬眼望望不远处的一对璧人，再低头看看手中孤零零的玫瑰花，目光交错之间，失意感一浪推着一浪拍岸而来。他突然觉得此时此刻的自己和玫瑰花的样子好像，垂头丧气，毫无生命力可言。

后来，汪国铮怀揣心灰意冷只身掉头离开。他给楚楚发了条短信，大概意思就是，我突然有事儿来不了了。

汪国铮跟楚楚赌着，跟自己赌着。他赌她会不会主动前来示好，主动给自己一个冠冕堂皇的拥抱。

解释没等到，却等来了分手。楚楚的理由特别牵强。她说："其实我的心里还有任某某，这样对你不公平的。你应该找到一个待你全心全意的姑娘！抱歉啊！"

青春期，爱过，恨过，付出过，没有什么是比分手更大的事故了。

汪国铮失恋了，王馒头邀他去喝酒，他说对男人而言，治愈失恋最好的方式就是喝喝喝，往死里喝，喝完吐吐吐，往死里吐，折腾完也就全好了。于是，他们约在了离学校不远的一家酒吧。

汪国铮抱着个啤酒瓶，站在这青黄不接的当口儿直想哭。他对自己有些失望，因为直至今日，他连自己到底是新欢还是备胎都没弄清楚，定位失准，身份模糊。

王馒头接二连三跟他举杯相碰，他说："哥们儿，你真该去谈一场势均力敌的恋爱，不因为自觉卑微而拼命付出，也不强迫对方想方设法取悦自己，精神共享彼此信任，不在对方的伤害中顾影自怜。"

汪国铮一口闷掉剩余的大半瓶啤酒，举了举杯子，他说："得亏关键时刻你没刻薄我！谢谢啊，哥们儿再接再厉！"

7

生活就这么不痛不痒地行进着。不知不觉中，王馒头成了汪国铮的情感世界大导师。每当既定目标出现，馒头一句"上！"汪国铮呼哧呼哧撒丫子去追。王馒头一句"停！"汪国铮一个急刹车扎扎实实定在原地。

渐渐地，他们之间默契感大增，配合起来天衣无缝。

就在汪国铮被楚楚划开的旧伤即将愈合的时候，孙楚楚捧着一脸无辜，再一次出现在了他的生活中。

她给他打电话，出乎意料地重复了之前的一段话。她说："我和任某某分手了！我失恋了……你肚子饿吗？一会儿陪我逛逛东门夜市吧……五块钱三条街，陪酒的话加十块再加抱一抱！”更令人难以置信的是，汪国铮竟顶着水桶一般的大脑袋，点头同意了。

王馒头指着他的鼻子，说：“你呀你呀，真的是笨到无可救药啊！当大备胎很光荣吗？”

汪国铮一边划拉着装了开水的玻璃瓶烫衬衫一边呵呵笑，他说：“小百合回心转意啦！你知道吗，我也曾万念俱灰一回又一回，可仔细想想，到头来还是要好好儿相爱。”

王馒头一个飞脚，将拖鞋踢出了八米远。他将牙齿咬得“咯咯”响，冲着汪国铮的背影恨铁不成钢般一遍遍重复着：“让你丫的好好儿相爱……让你丫的好好儿相爱……”

果不其然，一周还没过完，小百合又一次对汪国铮提出了分手。

这回汪国铮有些恼了，他考虑再三，最终决定和孙楚楚进行一次语重心长的谈话。

他坐在奶吧的高脚椅上，受气包似的吸溜着杧果牛奶。汪国铮问楚楚：“他一次次给你那么多伤害，可你为什么还要执意留在他身边？”

小百合当时半睁着一对儿桃子眼特别楚楚可怜地望着汪国铮，她一面微微抽泣一面缓缓道来。她说：“这段感情中，我的确付出了很多。唯一的收获便是：和他在一起，我逐渐由庸俗走向优雅，由低迷走向繁盛。伤害如同铆钉，令我浅薄的人生变得深刻而鲜血淋漓。纵使这份优雅是装出来的，我却也用心而坦诚。”

汪国铮当即就被她的这副神情糊弄住了。他心想着，任某某可真是个大浑蛋！天打雷劈的大浑蛋！

再后来，诸如此类的事故周而复始，层出不穷。拯救楚楚于水深火热这件事甚至升级成了汪国铮生活的主旋律。

王馒头高举道义大旗敲锣打鼓地讽刺他：“快来看啊快来看！我们宿舍出了个旷世大英雄，绝世大傻瓜！”

孙楚楚五次三番从任某某的手掌里落荒出走，游刃有余般一头栽进活雷锋的怀抱中，几经辗转，再因为某次重逢鸿雁回巢似的回归任某某……像是死循环，汪国铮卡在残局满目的尾端不得动弹。

他显然成了孙楚楚残情余爱后随叫随到的空降兵，大家笑他傻，他却也乐此不疲。

面对王馒头善意的冷嘲热讽，他总是呵呵笑。他说：“一对一的爱情只有一次，可是好幸运，我们有始有终，竟然在短短的青春里相爱了一轮又一轮。”

王馒头词穷，只好愤愤说了一句：“你看看，还真是，一个精神灿烂的人，怎么着都能活成一座歪瓜裂枣横生的后花园！”

汪国铮站在原地天真无邪地写着“海枯石烂，天长地久”。可楚楚总是能够唱出“一千个分手的理由”。

与楚楚分分合合的那段时间，汪国铮做“二陪”不仅积攒了好多拥抱，还有了一小笔存款。他说：“你们看，我不仅精神丰盛，物质也并不单薄。”

楚楚最后一次回归任某某那天，是个满城惆怅的黑色星期五。汪国铮清楚地意识到，这一次，她彻底不会再回来了。他买了一条麻编手链送给她，说：“你看今天乌云滚滚不太吉利，戴上它，给你的灵魂保驾护航！”

楚楚说：“谢谢你的好意，我心领，可我不信这个。”

汪国铮一把抢过话。他说：“我还没送过女孩手链呢。可别不要啊，是陪你逛夜市的钱凑起来买的！本来就是属于你的东西！”

楚楚愣了好久，眉目恍惚，情绪泯灭不清。

酒肉穿肠，往事悬梁。他轻轻闭上眼睛，山川河流从她的身体上奔流而过。

8

爱情暖不了身，就好比咖啡无法提神，唯留满嘴苦涩。

汪国铮记得楚楚给过自己的每一个拥抱，记得她的微微噘起的嘴角，却不记得她也曾将自己伤害得体无完肤。他说回忆可真是面放大镜啊，令美的更美，深的更深，痛的更痛……

“当我看向她的眼睛，我以为自己接住了天上的星星；当我伸手触摸她的道路，我以为看到了世界的尽头……我要带她去看一切美好的事物，把最好的都给她！我甘愿做她的裙下之臣，让她在我亲手搭建的星球上不知好歹，贪得无厌地活下去……”新郎一番真情难掩的表白，瞬间引爆全场。

司仪秉持职业道德，眉飞色舞大肆煽情一番，末尾，学着牧师的模样引导彼此讲述海誓山盟。

“我愿意！”他们回顾着挽手走过的平凡之路。

“我愿意！”他们对彼此之间的未来坚信无疑。

“我愿意……”汪国铮感到一阵眩晕。楚楚的声音就像是一颗子弹，准确无误地，将他的回忆一弹射穿……

9

那天，汪国铮喝了好多，半昏不醒之间，一桌一桌来回敬酒。真心实意，就像在张罗自己的婚礼那样。在目睹这场预知的海枯石烂之前，他原本以为自己会砸桌砸场抢新娘。没想到真的到达现场，一切释然，自己心里比新郎还要痛快。

他冲着新娘挥挥手，在心底里喊了一万遍的“祝福你”。小百合，祝你们永结同心……祝你们白头到老……

喧嚣已始，往事戛然。你永远走不出这座拥有他的城市，就好比我永远走不出拥有你的记忆。汪国铮轻轻闭上眼睛，往事绝尘而去……

就 这样 —— 热切地 生活

孤独 是我的 骨头

陆小寒|作品 资深撰稿人 电影行业工作者 花店小老板
@陆小寒Anna

1

“懂越多就越像这世界的孤儿，走越远就越明白世界本是孤儿院。”十年过后，韩少（韩寒）依然有把话说到人心坎里的本领。我从不觉得他是新青年，是中国知识分子的新领袖。我记得他是功课不好文学拯救了他；我记得在大家被高考压得死气沉沉时，他像风一样自由。

那时我还很天真。总爱提文学、文学。说话也总以“我想……”“我觉得……”“我要……”开头。

有一段时光可以称之为很年轻，指的是十八岁到二十三岁。

在我很年轻的时候，我最深的印象是永远在不停地搬家。

2

第一次是在高三下半学年，向学校申请了走读，从宿舍里搬出来，在郊区租了个毛坯房住。我记得那年南方大雪成灾，搬家的那天就飘着这样罕见的大雪，我坐在爸爸大卡车的副驾，被雪掩埋的是铁架床、木桌子、木椅子还有锅碗瓢盆。

屋子里是水泥地板、水泥墙、水泥天花板，满室萧索，家徒四壁。我爸在隔壁房间陪我过第一个晚上，其间不停地过来问我冷不冷？冷不冷？我抱着热水袋牙齿打战，可我说不冷，不冷。真的，我的心很热乎，我觉得我自由了。我在大家都喘不过气，把一条路走死的那一年，我浮出水喘了口气。

那时是真的孤独，做题做到凌晨两点，累了就仰头看看墙壁上贴的武汉大学的招生海报；学校里也是一个人坐，走进前门走出后门像个断臂的独行侠；舍不得说话啊，浪费时间还浪费力气；路上的时间听《美国之声》也听摇滚；常常去学校的书屋绕一圈，带回来几本书也不看就堆在水泥房间里摸摸封面也是安慰。

我常常在十一点钟去楼下的浴室洗澡，五元钱的门票可以在里面混两小时。我十分钟洗澡，一分钟喝完一瓶三勒浆，其余的时间在白烟袅袅里背历史政治。暖乎乎地出来，冬夜像被冻住了一下，因而时间走得特别慢，我一个人瑟缩着脖子轻手轻脚地上五楼。有时去吃夜宵，那对搭档的夫妻总是冷清着脸，饭菜也无味。后来听说那男人得癌症死了。

那是我第一次去刻意寻求肉身的孤独，我从那里感受到了一种接近贫瘠蛮荒的力量。否则，那一年，我断不了壮士的腕，我走不上被定制好的路。那时我想着文学，想着理想，想出走，想逃跑，想去追寻永恒的、天真的、美的东西。

真是太危险了。

3

行李之于我就像壳之于蜗牛，是负累，也是柔软之上的一种架构。十九岁到二十二岁，我又搬了数次家，和好几个人同住一个屋檐下。有小情侣，有考研的，有小服装店老板娘，还有酒吧的驻唱歌手。他们来的第一晚，我都会和他们在客厅其乐融融地吃顿晚饭，之后便是关起房门相安无事。

那时候我很孤单。我在等一个人。他在我身边隔一个教室时我等他，他去另一个半球隔了厚雪隔了浓重的时差时我还等他。等待令我在如花的年纪变得像枯草一样干枯。只能孤独，肉身与心灵的一并孤独，才能蹚过这漫长的时光。

很多时候都在图书馆写稿子，冬天的暖气咕噜咕噜响，在上面放一只清香的橙子和爱人留下的手套。不怎么说话，感觉语言都内向转化了，我写了好多幻想中的爱情故事，给他写好长好长的邮件，日子真是冷清。我常常幻听到有人喊我的名字，茫然地转过身，都是陌生的面孔。

听了好长一阵汪峰的歌："别哭，我亲爱的人，我想我们会一起死去；别哭，夏日的玫瑰，一切已经过去……"旋律一想起就能湿了眼眶。内心寥落，其实不过失恋，可当时心气太高，总不肯承认，甚至还可笑地想过要当出类拔萃的人，站到很高的位置，他不看我这里，也得感受到我的存在。

事后我才感谢这场失恋，人只有先被别人看轻才能看清自己，我身上的软弱、固执、自私、冷漠，不到孤独之境，我绝看不到它们是怎样把我变成另外一个人。

里尔克的诗也是很好的陪伴：“它们要开花，开花是灿烂的。可我们要成熟，这叫居于幽暗而自己努力。”经过一场心灵的痛而剥离出一个更完善的自己。人不应是越长大越世故，而是遇过冷眼，尝过苦，经过无缘，而拥有了宽容、谅解的能力。

4

二十三岁一整年我搬过两次家，从徐州到南京，从南京到上海。每次搬家我都是恶狠狠地扔掉旧的行李，幻想着换一个城市，换一份工作，换一个心上人，一切就都会好起来。

在上海的第一个月是连绵的雨季，衣服永远晒不干，马路总是湿漉漉的，快要忘记阳光的味道和触觉，人简直被这样的天气弄得一点办法都没有。

我的第一个室友是个早出晚归的年轻女孩，每天过黄浦江工作，下了班再去新天地的一家西餐厅兼职，既赚外快又能练法语。我们每天能在洗衣服的时候打一个照面，寒暄几句：“今天累吗？”“还好啊，习惯了。你呢？”“我也还好。”

后来她终于去了法国，寄给我一张在塞纳河边写的明信片，只言片语，法语的“玫瑰人生”令我又欣慰又伤感。

那么我的生活呢？我每天倒两班地铁去淮海路上班，一整天淹没在各种数字、发票、报销单中。我收入微薄，可我领了信用卡去消费很多本身不是我能负担的东西。只有到了上海我才明白，虚荣不再只是简单的虚荣，衣服、手袋、化妆品和香水，它们像一样样最温柔的武器武装着你，在窗明几净的高档写字楼里，你穿戴上这些，内心带着孤独，你就坚硬无比。难怪城市人都有千篇一律的脸和神色。

唯一快乐的时候是公出可以去外高桥报税，往返两小时的车程，在出租车上看梧桐、洋楼、老弄堂，在上海我总会想起那句诗“桐花万里路，连朝语不息”，我是真的喜爱这座城市，可惜她对大部分人只展现片刻的柔情。此刻我内心的孤独和以往不一样，它还有一种不被接纳、不被融入的拒绝感。

有一个晚上下大暴雨，在南方的冬夜这样的暴雨并不多见，我遇见一个年纪相仿的女孩，大概是这场突如其来的大雨令我们心情畅快，我们一起坐在窗边吃了碗热杯面，分享了一碗辣乎乎的关东煮。我们没怎么交谈，因为聊天内容都太乏味了，总是你做什么工作的？老家在哪里？来上海几年了？我宁愿什么都不问。我们只是静静地看窗外热闹的雨，逃窜的人群，五颜六色的伞，听店里的音乐，苏打绿的《小情歌》。

后来雨停了我们就散了，像小石头一样滚进人山人海里。我还是觉得上海是不容易交到朋友的，因为这里的人都拼命想砍断过去的尾巴，因而都是一副刀枪不入的模样。可是在那场暴雨中，温暖的7-11里，我感受到了另一个女孩的孤独、年轻与向往。

我的室友总在换，但无一例外，他们都年轻上进能够吃苦。我没能和他们交上朋友，但我很感激他们。因为只有在那一段人生中，我感觉到我的孤独是有同伴的，在被这个大世界吞进去，努力社会化的过程中，我有同伴。我常常想起一句话，当时也特别流行，充满了正能量："每一个优秀的人，都有一段沉默的时光，是那一段时光，不抱怨不诉苦，最后度过了这段感动自己的日子。"

5

他们这些人，她或他，有的去了北京，有的去了广州，还有的回了家乡，无一例外，他们都会把养的绿色植物留给我。植物是带不走的，挪了地方很快就会死去。可人不一样，人可以因为坚强而忍受很多很多。当你坚持不下去，站不住，想跪倒在地时，请你孤独，孤独有一种蛮荒的力量，会提着你的脊梁骨，让你站直了，好好走。

现在每天早晨我都会早起五分钟，在熹微的晨光里穿过他们空荡荡的房间，给窗台上留下的几盆绿色植物浇浇水。我很沉默，沉默地等待着新室友。尽管我不会与他深交，不会有太多的生命重叠。但是只要我想到我们都有同样一段孤独而沉默的时光，那种温暖，就足够了。

时光回环。我觉得这四个字是有根据的。像我太年轻时的前半生总在恶狠狠地逃跑，从一个城市逃到另一个城市，所以后半生，总在送别，目送他们走上更远更美好的路途。

太孤单的时候，听陈升老大哥的《不再让你孤单》——路遥远，我们一起走。我不再让你孤单。

我想，孤独是一种可贵的情怀。

万一　我们一辈子　单身

赵大乾|作品 野生主播 业余写字 一只少女
@少女绿妖

两个多月以前，还是盛夏的七月。我帮关系亲密的K先生搬家，从下午一直搬到晚上。大致收拾好之后，我俩都累得爬不起来了，瘫在沙发上开始玩手机。突然，K先生问我，你有没有想过你会这么单身下去，单身一辈子啊？我先是摇头，之后又点头。摇头是因为确实没想过一辈子会怎样，因为一辈子太长；点头是因为确实想过一直单身怎么办。

算起来，单身时日也不算短，五年不足四年有余，我都开始担心自己是不是爱情绝缘体，别人看到都会自然而然地避开我，觉得此人不需要爱情。或者男生都会觉得跟我在一起做哥们儿的体验更好，做情人难免会浪费一个有趣的朋友，是这样吗？其实我也不得而知。总之就是这么多年来一直都是一个人。所幸，我还有颗能承受住各种秀恩爱的不怎么强大的心脏。

我崇尚一种自然舒适的情侣关系。两个人腻在一起的时候就亲亲密密地相爱，做尽情侣间该做的事情，牵手、拥抱、亲吻，还有那件羞羞的小事儿，用力地相爱，平静地生活；不腻在一起的时候，就守在各自拥有的空间里，做自己的事情，阅读、健身、增长见识、会亲访友。木心说，最好的生活状态是冷冷清清的风风火火。我觉得爱情的状态也是如此，冷冷清清地保持自己的孤独、远离喧嚣，风风火火地保持对事物的热情、追求所爱。“那是在最平静的日子，我们好久没有出门旅行，没有朋友来到城里，喝掉我们的这瓶酒。有人来信，谈他清淡的生意。有人用打印的卡片，来祝贺生日。你已在转椅上坐了很久，窗帘蒙尘，阳光已经离开屋子。穿过门厅回廊，我在你对面提裙，坐下，轻声告诉你，猫去了后院。”这是来自作者陆忆敏的诗《风雨欲来》，我特别喜欢诗里形容的二人世界，很平和，但是暗里却很激烈。像是先吹来一阵和煦的暖风，再吹来一阵疾风。

因为理想如此，所以在生活中更不愿意将就。但不将就，就得要一直保持这样单身的生活状态，这是矛盾的。可能这是一个还有些理想主义的人生活在现实里的无奈吧。我自然是想和另一个人度过好多但是不是全部的时光，自然想要在情人节的时候收到一块哪怕是一元钱的巧克力，自然想在挂窗帘的时候有个大个子能帮我，自然想在饮水机失灵的时候有人像是通晓万物一样帮我把饮水机修理好，自然想在深夜惊醒的时候转头看看旁边熟睡的另一个人还在就转头继续睡……不过总是迈不出一步，等不来另一个人。

但是，我一个人的时候，学会了好多。早上会在七点前起床，煎蛋，切火腿，和面包一起吃，吃完就看会儿日语，准时从家出门去上班。最近晚上在学做饭，尝试了几样以土豆为原料的菜，除小部分不成功外，其他的还是味道很棒的，基本属于饿不死的程度了。我妈很是欣慰，我决定国庆的时候给她露一手。周六、日会跑出去玩儿，运动一整天，常会累到趴下就能睡着。学会修饮水机，你们不一定知道饮水机制热开关坏掉怎么做个小手术又不花钱就让它工作；学会安装简单的家具，并且惊奇地发现我居然会喜欢这件事情；学会修抽水马桶，原来它漏水的时候可以采取那样的方法来修复……还有好多好多生活上的小事情，都让我觉得，不一定是我变成了更好的自己，而是我更从容地面对生活。在《爱情刽子手》里，心理学家Irvin D.Yalom说："自由的意思是，人要为自己的选择、行动、自己的生活处境负起责任。"在我一个人的时候，经历了一些事情之后，突然无比认同这句话。这大概是我学会的最重要的东西。

有人莽撞地带着烈酒和心声，与我们一醉方休；有人抽着令我们窒息的雪茄，很无礼地瞪着我们。甚至有不怀好意的小偷和骗子，深藏于众人之中，稍不留意，便会给我们制造伤口，令我们痛不欲生。我们单身可能就是害怕遇到这些"小偷和骗子"吧。而且这样的状态久了好像很难接受另一个人在自己生活中充当重要的角色吧。所以才会对外界宣称"单身美好""一个人也很棒啊""谈恋爱多麻烦"。其实人这样的社群动物，还是需要在人群中求得温柔的。

一辈子太长，我二十几岁的年纪来谈之后几十年的事情，自觉资历浅薄，不敢奢求自己万一真的一辈子单身能过得非常棒，虽然我也想过这样的事情，我想过万一我真的单身很久，至少会阶段性地保留对某一个人的热情，即使两个人到最后没有结局，我也愿意就当是最后一次恋爱来燃烧自己。不过，一辈子真的很长，有很多事情还没到一半，还有很多事情还没有开始，恋爱更是如此，谁知道自己拐过街角是不是就会遇见命中注定的人呢？虽然身边的很多女性朋友已经完成了结婚生子的人生阶段，步入新的旅程，我好像慢了很多步，而且份子钱不知道什么时候能收回来；虽然家里长辈时不时提醒是时候找个男朋友，在我提问能不能跟男朋友同居的时候，获得肯定答复后，仍没有找到可以同居的人；虽然还是常常担心自己真的变成爱情不侵的体质，要再单身个五年不足四年有余。但我还是愿意等下去，像歌词里唱到的“偶尔我难受的时候就走近南面的窗户，看看世界给我是晴朗还是雾。喜欢独处并不等于蓄意陷溺在孤独，我相信当无其他人救赎，人能格外地清楚”。也不想说“如果真的一辈子单身，也挺好”这样的鬼话，只是觉得我还愿意等，因为单身的缘故。

你全身都是雪，会不会冷

深 蓝

别让生活太安逸

Q小姐是我大学时非常崇拜的一个人，也是我很要好的朋友。

大学毕业后，我来到了武汉这个城市读研，她去了广州梦想中的大学读研。我们像是两条各自奔走在相同轨迹却怀揣不同梦想的平行线，再也没有交集。

当初在学校的时候，她是我们学院的风云人物，一个人挑起学校辩论队的重担，打过无数场比赛，参加过很多的商业大赛，也潇潇洒洒地拿下国家奖学金，最后以全班第一的成绩顺利保研。

那时候，我和她一起从不同的学院转到商学院，因为机缘巧合成了好朋友。此后她就像是我人生路上的小太阳，一直照耀着我，鼓励着我。

我的性格比较温暾，她却强势很多。因为多年辩论经验的累积，让她在口才和气场上收获颇深，再加上社交能力和学习能力很强，她一转到新专业就成为班级里的霸主。

因为各方面都很优秀，她也很自然就成了很多人敬仰但又忌惮的对象。越是光芒万丈的人，越不可能是一个人人称赞的老好人，她在这条路上必然也会遇到在背后诽谤她的人，但她照样活得很精彩。

我曾经问过她："他们这么说你闲话你不会觉得难过吗？"

她说："偶尔也会难过，但我知道，时间久了，就算他们再怎么羡慕嫉妒恨，我的实力只会让他们望尘莫及。"

而且，当你足够优秀的时候，没有人再会动你。

那时我被她这样充满霸气的话深深地震撼，所以自己也默默努力，不论在学习上还是社团活动上都想尽量向她看齐。

虽然现实是，我一定不可能拥有像她一样的成绩，但在她的陪伴和鼓励下，我也收获了很多。

我是个比较懒的家伙，忙起来可以昏天暗地不睡觉，但闲下来也不会觉得很枯燥。所以当没什么正事干的时候，我也会自己寻找乐子。

现在想起来，当初大四保研后，去公司实习了一段时间，出去旅游了一段时间，等回来休养身心时，一个人躲在寝室画数字油画，看看闲书，写写文字。

也是安稳而又闲散的时光。一溜烟，已经过去快两年了。

前几天接到Q小姐的电话，问我一些关于数据库的问题，因为不同的学校购买的学术资源不一样，她让我帮忙下载一些数据资料。

一阵搜索忙活过后，我和Q小姐聊起了这一年来的光景。

谈起这些，两个人心头似乎都是堵着的。

也许很多人会说，读研多好呀，还可以在学校里安安静静地看书，享受几年校园生活。你工作了之后才会知道，当初那些傻甜白的日子已经不再有了。

但正因为人们都是不满足现状的，当你拥有某些东西后，你总是会贪恋其他。而当你失去一些东西后，你又会怀念起来。

Q小姐告诉我，她决定直博了。

我说：“这是好事呀，你终于实现了当初的那个愿望，在你梦想的大学里学最心仪的专业，然后也在朝着你父母期盼的教授路上越走越近。”

她犹豫了一下说：“我似乎把一切都规划得很好，而这一切经过我的努力也在不断实现，但当我真正得到后，我却发现，好像这一切又不是我想要的。我从来不知道，原来我会如此不喜欢这个专业。”

我和Q小姐其实是属于比较喜欢社交的人，我当初大学时经常蹿上蹿下，今天跑去这个活动帮个忙，明天跑去另一个活动露个脸。

Q小姐就更是如此，她不仅代表校队辩论，还要代表院队和班级比赛，还经常作为评委出席在各大活动现场。

嗯，我们公认的女神。

这样的两个人，最后都选择了搞研究的学术生涯，说起来也让人有些吃惊。

其实我很能理解她的心情，读博需要五年，而这几年却又是一个女孩子最青春年少的时光。虽然不会像世人口中说的那样成为第三种人，但对心性比较活跃的Q小姐来说，无疑像是判了一场有期徒刑。

于是，我们都很迷失。

这种迷失不是觉得自己的前途很渺茫，而是觉得自己不知道真正想要的是什么了。更重要的是，感觉当初自己拼命追逐的东西好像并不是所想的那样，就会产生无穷的失落感。

如果我告诉你，这样的失落感和焦虑感在我们这一类人身上一览无余，你会信吗？

你也许不会信，我以前也不会信，甚至到现在我都不敢相信。但现实却是，我开始怀念以前，也会幻想未来，却不珍惜现在。

我跟Q小姐说："我感觉自己变得很安于现状，大学时那份铆足了劲想学习和收获的心情已经变得很淡了。每天看看文献，想想idea，偶尔码码字，也不想去争什么奖学金，更不想去维护很多关系。"

她在电话那头笑了，然后跟我说起前段时间她一直出去游玩的事。

我说："当时你在朋友圈里发了好多地方的美食美景，就觉得你的生活好赞，感觉我们都开始享受生活了。想当初大学那会儿，我们哪有闲心思去过这般舒坦日子，感觉研究生的日子把我们的心性都磨平和了。"

她却打断了我说："可你有没有发现，也许并不是生活让我们变得平和，而是我们都变懒了。"

因为改变的机会成本太大，我们变得安于现在的生活状态。因为得失心太重，我们也不敢再去做出任何冒险的选择。而因为没有明确的目标，甚至连努力的方向也不确定。

可这一切的根源，也许只是因为我们没了当初那颗勤奋的心。

她问我："你还记不记得当初期末考试我们为了复习一门功课，晚上熬夜到两三点，早上五点多起来还继续做题。因为实在太困，两个人泡了两杯咖啡，拿了毛毯在冰冷的自习室里埋头苦读。"

那可是我们大三的时候呀，想想为了一学分的选修课也这么拼命，我现在真是懒到家了。

所以，我现在经常会提醒自己，并不是什么生活变得安稳，变得舒坦，变得可掌控了，而是你拿不出力气来改变了。

虽然有时也会抱怨生活好枯燥，也会吐槽研究好痛苦，也会调侃这么大年纪了连场恋爱都没好好谈，但我们都不愿花心思去改变了。

因为结局再差，也不会差到哪里去。

这是很多人会安慰自己的说法，然后继续循规蹈矩地过一天算一天。直到有一天机会来了，才会发现自己原来浪费了这么多好时光，结果准备不足就错过了。

生活安逸是一件好事，特别是很多人终身都在追求一份稳定的工作。但真正的安逸应该是满足现状，并最大限度获得幸福感，而不是看起来日子挺舒服的，心里却还是贪恋外面世界的美好。

这个社会很残酷，它在不断进步和发展，你从来不会想象到才十几年的光景，互联网和手机成了我们生活必不可少的一部分，而曾经那些高薪的职位也逐渐被新技术取代。

我们很难再享受到祖父辈农耕时代的安稳，因为信息时代让“变”成为最大的不变。

如果你不想被社会淘汰，如果你在年轻的时候还是希望自己多少有点小成就，如果你还有梦想，那安逸绝对不是你现阶段选择的最佳方案。

嗯，希望自己能够找回当初那份青春的气息，为了某件事情还能坚持下去，每天改变一点。

也许未来的某个时刻，那个女孩会转过身来对过去的自己说，谢谢你，选择了不安分的生活，让我能够活得如此精彩。

我想我终其一生，都在追逐这样的时刻。

所以，乖兔子，别再睡懒觉了，该起来嗨了。

既然我已经成了全职太太，干吗还要努力

卢璐说|作品 全职太太 自媒体人
@卢璐说

现在因为写字的原因，我常常认识新朋友。认识了新朋友，总要介绍一下。

我有点怕别人问我："你做什么的？"

因为我的正职是，要照顾两个女儿的家庭妇女。

面对这个回答，女生们的反应，可以分成两种：

绝大多数亮着眼睛说："全职太太，太幸福了。"

只有寥寥的几个人说过："两个孩子？很累吧？"可以说得出这话的，都是过去时或者进行时的家庭妇女。同是天涯沦落人，甘苦共知。

"全职太太？"

女孩子们想到的大概是电视连续剧韩风的画面：孩子交给阿姨，先生交给秘书，每天就是喝咖啡、逛街、美容、美甲……

我会纠正说："不是，我是一个家庭妇女。"

从职业规划的角度上来说，家庭妇女和全职太太是完全不一样的位置。

家庭妇女是无限责任公司光杆总经理兼打杂。没有责任范围，没有时间限制，生命不止，工作不止。做得好是应该的，做不好是过失，需要反省。

全职太太是家庭公共关系部经理兼形象代言人。把自己搞得美美的，把关系搞得好好的，工作就做出了业绩。以至于其他，不属于工作范畴。

虽然我从来都不是励志型的女强人，实际上我也从来没有想到过，要成为一个相夫教子的家庭妇女。

刚刚认识卢中瀚的时候，他只是一个项目助理。他们公司项目助理是有自己工作责任的，虽然不需要他去端茶跑腿，但是也飞来跑去团团转。

那个时候，我已经到法国很多年了，已经有一份可以自己养活自己的工作了。

我规划的婚后生活，就像法国个人所得税宣传资料上画的那样：一对夫妻，两个孩子，各有收入，报税光荣。

项目做完了，卢中瀚升职了。等我们婚结好了，又一个项目也做得差不多了。我怀孕期间，他有了国内的offer。我们抱着三个月大的思迪回了国，在公司专家公寓里面，我和一院子不用上班的法国太太们，抱着孩子，喝着咖啡，混着日子，其间又生了一个卷卷毛儿的子觅。

这一路走得顺风顺水，好像白纸黑字，我天生注定就该是个家庭妇女。

人类最擅长的就是“身在福中不知福”。上班时偷偷溜出来和朋友喝咖啡，开心得要命。一群女人天天家长里短地喝咖啡，两个月就可以让人抓狂了。

最初的悠闲感很快就消失了，无力的灼伤感会让人心慌。每天晚上卢中瀚累得像狗一样地爬回家，回家还要和我吵架。只有疼痛才能让我沉寂，让我有活着的真切。

思迪两岁开始上幼儿园的启蒙班，老师教她唱儿歌："我的好妈妈，每天很辛苦。妈妈洗衣服，哗啦哗啦……"思迪回家给我唱，唱完说："妈妈你为什么不洗衣服？都是阿姨洗。"

后来又来了一个中国太太。我们没有深交，主要是她很忙。一会儿上班，一会儿创业，基本上人影不见。

偶然一次，我和她喝了个咖啡。她说她开车几百公里去和厂家谈事情，都会尽量带着她的女儿。她的大女儿也不过四五岁的样子。

也许她的努力，并不一定会有回报，但是至少孩子可以看到，她的妈妈是努力的，有价值的，不仅仅是一个无事闲坐、说三道四的家庭妇女。

这句话，让我有醍醐灌顶的悟化。

在我的生命中，她只是一个我认识的人，连我的朋友也算不大上。人生有的时候就是这样的，在某一点上遇到某一个人讲了某一句话，惊醒梦中人。

那个时候，因为日子太无聊了，我已经兼职在法国学校教孩子们中文。

院子里的法国孩子，有一大半是我的学生。走在院子里面，孩子们会自然地叫着我的名字，和我问好，有时候还会停下来，搜肠刮肚地说一句中文。或者老远跑来给我陈述：“LuLu，我没有写作业。”以期望在上课以前得到谅解。

所以对两三岁的思迪来说，妈妈从来就是一个老师。每一次我抱着夹子出门，虽然小姑娘懵懵懂懂，但是还是明白妈妈去上课是一个非常重要的事情。

有一次我不在家，有朋友来。思迪开门，表情郑重，仰着头骄傲地说：“我妈妈去上课了。”

可是在我的心中，我根本不是老师。老师只不过是我打发无聊时光的一种方式。我从来没有想到过，在孩子们眼中的样子。

我开始重新考虑我的日子。

人生是一个沙漏，从翻过来那一刻开始，就只会越流越少，不可逆转。

享受只能是一种追求。如果人生只剩下享受，享受变成了日常生活，也就感觉不到享受。

可是努力？我害怕努力，因为从小提到努力，我总会有一个触目惊心的画面，“头悬梁，锥刺股”。还没有想好，背上的汗毛都先站起来了一片。

犹犹豫豫中，我开始写字。

我想有一天我的孩子们可以看看我的文章，知道原来在妈妈天天追着她们穿衣服吃饭以外，还有别的价值。

从闲散到努力，最难的就是开始的时期。

我写字，我教课，我做活动，我喝咖啡，我看孩子，我去旅行……我才发现，原来只要我自己不想停在原点，原来我还可以做这么多的事。

日子变得很繁忙，我努力，努力，再努力。

其实努力，并不仅仅是要努力学习，努力赚钱，努力向上爬，努力出人头地。

努力其实是自己对于自己的一种要求。只要自己还相信自己，只要自己还不放弃自己。

前两天无意中翻出几年前的录像，我自己都大为惊叹。全职太太时的我，除了偶然的盛装晚宴，居然都是披头散发，素面朝天，毛衣牛仔裤，不修边幅。

大家都说，成功与否，混的圈子很重要。

可是怎么能混进圈子？机遇之前，个人的状态才更重要。

我没有雄心壮志地要建立帝国，改变世界，更没有要苦大仇深地拼命到底。

我只不想等到我老迈昏花、颤抖无力的时候，流着泪说：“我来过了，但是没有任何意义。”

我对不起什么都可以，至少我要对得起自己。

梦想去远方

巫小诗|作品 杂志写手 大脑洞森林少女
@巫小诗

上高中的时候，学业压力大，课余看旅行书籍便是我的解压方式，“穷游”“搭车”“背包客”这些词像神秘黑洞似的把我往里吸，令我魂牵梦萦。

北岛在《青灯》里写道：“一个人行走的范围，就是他的世界。”我猝然被这句话惊艳了，我想去远方，想让自己的世界能更大一些。但，不是每个人的旅行都能说走就走的。首先，你得有钱；其次，你得有时间。

妈妈不喜欢我到处走，觉得女孩子就应该乖乖待在家里，看看书做做家务，见我执意坚持，她说，我要去旅行也可以，但她不会为我的旅行提供一分钱路费，这也成了她一贯的态度，她以此来切断我出门的经济源头。我呢，也算是跟她怄气，你不让我出门我偏要出门，你不给路费我就自己挣路费。

挣钱这种事情，不是立马就可以完成的。高考刚结束的我，给自己定了个长远目标，从高中毕业到大一暑假，我要挣够一万元钱。对我这种年纪的人来说，一万元，真的是天文数字了。那时候最想去的地方是西藏，虽然去过的人告诉我，去西藏，根本用不了这么多钱，但我给自己定的目标就是一万元。我深刻明白一个道理：如果你想要跳到月亮上去，你就应该把太阳设为目标，这样，你才不至于栽在一颗星星上面，把目标往高了定准没错。

于是，当所有人都开始享受他们三个月的悠闲且放肆的暑假时，我开始了自己的漫漫攒钱路。

一开始，我在一家小型的旅行社当助理导游，公司不太正规，因为缺人，没经验的我轻松被录用了。前两次去短途的，我的后勤工作做得不错，游客们对我很满意，我每趟都能得到还不错的报酬。第三趟是去西安的长途，因为高速堵车，全车游客在异地错过了火车，乘客们牢骚满腹，围着我喋喋不休，甚至有人爆了粗口。我拼命让自己冷静，想着怎样将损失降到最低来安抚大家的情绪和弥补旅行社的损失。

趁着火车还没有开，我联系在车站等候的旅行社工作人员退票，由于没有足够的余票改签，也不能让整个团的游客滞留过夜。我擅自做主，以旅行社的名义掏钱请大家吃晚饭以表歉意，并在他们用餐的时候，疯狂联系其他交通方式，最终联系上一辆19座的卧式客车，而加我有20人，我选择自己不去，通过旅行社联系了一名西安当地的导游接应他们，客车将他们连夜送达西安，比火车还早到达。

而我，因为请他们吃饭花光了身上现金，最终是在高速路上搭车回家的。我在服务区找到家乡的车牌号，大声朝驾驶座上的师傅说："我通宵跟您说话，防止您瞌睡，您让我搭车回家好吗？"很幸运，他挥手示意我上车。我拖着疲惫的身子，几乎整宿没合眼，跟着一位不相识的货车师傅唠了一宿的嗑，最终凌晨五点到家。这次事件给旅行社带来很大损失，尽管错不在我，我也委婉辞职了，但我仍感激当助理导游给我带来的历练。

后来，在一位老师的推荐下，我给暑期的住校培训班当了一个月的助教，早晚自习，我督促他们背诵和朗读，老师不在的时候，我也帮着讲解习题。有些学生是那种被家长强制送来补习的，调皮又顽固，我依然不畏惧，带着小老师的威严，上课时严肃，下课后依然是他们的好朋友。有个别男生睡懒觉不来上课，我就去寝室把他叫起来，他冲我发脾气不开门，我依然在门口等着，跟他心平气和地讲道理，直到他于心不忍。

我离开培训班去大学时，好多学生都不舍地哭了，其中也包括那个顽固的男生。开学不久后就是教师节，我居然收到了他们几乎每个人的节日祝福短信，作为一个菜鸟助教，在神圣的人民教师的节日里被祝福，真是愧不敢当。也许我今后都不会有站在三尺讲台的经历，但我热爱并敬畏着教师的职业。

进入大学，我在每个月都写稿件的同时，也跟学生们一起参加社团和志愿者组织，跑新闻、办活动、当义工，这些都是没有报酬，甚至要自己贴一点钱的，我依然乐此不疲。我知道，再没有一个环境单纯如校园了。当你是学生的时候，你应该庆幸有如此多的人一起乐于无报酬的事情，大家付出的是爱，收获的是感动和难忘，这些都是钱买不到的。

我曾经参加了一个为贫困山区募捐图书的活动，在两天的时间里跟组织一起徒步了两百里路。也曾为了拍一个公益的视频短片，在寺庙住了一周，寺庙里忌荤腥，我跟僧侣一起吃了整周的斋菜。这些被忙着赚钱和成功的人认为是无用功的经历，我倍感珍惜。

高中时期，我每年发表的文章可能不到十篇，但步入大学，时间的宽裕、话语权的自由以及对攒旅费的渴望，促使我踏上了相对高产的道路，没课的时候，我像上班一样去自习室写作，多的时候，一个月能在六七本杂志上露脸，寝室柜子的各个角落都堆着我的铅字成品。

俗语说读万卷书，行万里路，放在我这儿，得写十万字才能行万里路。

课业任务其实挺重的，有时作业和稿件撞上了，我就通宵做完这两件事，赶在编辑上班前把稿子发到他邮箱，然后爬上床睡三个多小时，就起来带着作业去上课了。经常觉得累，却从来没觉得辛苦，因为写作是我喜欢的事情，当我做这件事的时候就是快乐的，但凡辛苦，便是强求。

终于，大一的暑假来了，之前一狠心定的攒钱目标，居然足够，且有富余。于是，我决定，不只去西藏了，我要一路玩过去，要玩到国外去。我从江西出发，去了青海、西藏、尼泊尔、云南，玩了一整个月的时间，乘着滑翔伞飞翔在尼泊尔的高空时，我几乎要哭出来，这一年的种种委屈和艰辛，在那一刻都变成值得。那是我度过的最传奇、最痛快的一个月，传奇是路上的种种经历，而痛快，是对自己实现了被轻视的梦想的释怀。

或许我该谢谢妈妈，她要是一开始就甩一沓钱给我让我随意出去旅行，我绝对不会这么卖力地兼职和写稿，也不会拥有这么多难忘的经历和心灵的成长，苦尽甘来比单纯吃甜品要美味多了。

现在我是一名即将削尖脑袋往职场挤的大四学姐，旅行可能再不会是我的终极梦想了，但我还记得十八岁的自己，那个天真又夸张的小财迷，她去到了她梦想的远方，我也活在我珍惜的当下，我们都应该是快乐的。

凯鲁亚克说："人在一生当中应该体验一次健康而又不无难耐的绝对孤独，从而发现只能依赖绝对孤身一人的自己，进而知晓自身潜在的真实能量。" 我为远行而积攒的整个过程，是属于我的绝对孤独，如果孤独是一座花园，那远行便是我这座孤独花园的果实，又美又甜。

狂奔的 姑 娘

猫小妖赵倩|作品 某酒店总经理 正能量文艺青年
@猫小妖赵倩

此刻，听着宋冬野的《给抱着盒子的姑娘》，开始码字，脸还在发热，从昨天就开始发烧，烧得脸发红，一杯接一杯地喝着热水。

前些日子某个晚上，从自助取款机取完钱，半路上一掏口袋，丢了一千元钱，狼狈地在大街上把包里所有的东西翻了一遍，没有找到，任朋友怎么安慰，到了凌晨三点多还心疼得睡不着，于是一个人半夜三更顺着东门桥的河边走回了家。到了早上看到新闻，一姑娘昨晚就在东门桥我走过的地方跳河了，时间相差不过一两小时，也或者我走过的时候，她就在旁边。

我这才发现，生死就在身边，除了生死之外都是小事，活着，比什么都好，人生其实没有什么是过不去的。

在这之前的很长时间，我的生活总是伴随着焦虑。我学会隐藏自己的情绪和心事，一切变得那么没有安全感，QQ空间的说说和日志、微信朋友圈，许久未更新，不再写下充满愁绪的句子，习惯性地发一些与工作有关的东西，建筑起铜墙铁壁来保护自己，但我分外想念十几岁爱哭的我。

看着每天房间的地上都会有掉下的头发，甚至想蹲下数一下每天掉多少。摸着自己额头对前台说，我是不是有秃顶的前兆？前台不识趣地说，是呢。其实我想安慰自己这只是一种新陈代谢罢了，发丝如情丝，掉下了，就会长新的，而我们需要的正是这种新陈代谢的能力。

想起自己当初选择酒店行业的理想，想想“不忘初衷”这句话永远都是对的，还年轻，不能在最能吃苦的年纪选择安逸，只要认定了，就要全力以赴地去得到自己想要的。

后来，磕磕绊绊，吃亏不少，失恋几次，一个人拖着行李箱闯荡过几个城市，终究长大了，不再惶恐，开始冷暖自知，开始知道幸福感是自己找的，安全感是自己给的。

我从一个服务员一直走到现在的店长，肩膀上扛着一个交给自己经营的分店。

清楚地知道自己的目标，清晰自己的人生规划，也清楚地知道自己该怎么做，所以，充实会盖过一切的空虚。

又开始考虑以后的路，以后的目标，和朋友聊起来的时候说这些，朋友问道：“女人，你在制定并实现你这些目标理想的时候，有没有想过找男朋友，谈恋爱结婚？”

一个人孤单的时候，也会听他听过的歌，也翻看他许久未更新的微博、手机上保存的几张照片，走他走过的地方，念叨着“君生我未生，我生君已老”，明知会撞南墙，却还是一路狂奔。

知道自己想要的是什么，一切便简单明了。只是之前一直看不清。又矫情地觉得一纸婚约，不一定换得来天长地久的爱情。人生，只是很无奈，只有彼此心心相印，惺惺相惜，相依相伴，走过人生长长短短的路程，或许才会无怨无悔吧。

不是所有女孩子的生活里都只有LV和爱马仕，不是所有女孩子的嫁人标准都是房子有多大，银行存款有几个零，我们除了ABCD的罩杯还有不一样的思想和大脑，还有踏到过不同土地的双脚，我们首先是一个独立的人，然后才是一个女人。

社会的主流价值观甚至是生得好不如嫁得好，这个可怕的价值观竟然被大部分人认可了，女博士被嘲笑，大龄女青年被怜悯，似乎女人最重要的事情就是嫁人，女人内心的力量在一次次地被偷走和抑制。

记得有人说过，你可以穿不起香奈儿，你也可以没有多少衣服，但永远别忘记有一件衣服，叫自我。

原来，很多张口就来的道理，只有自己刻骨铭心地经历过后才会深深地领悟。

之前看了一个微博，一位摄影师，拍下了父亲老年痴呆之后最后的三年时间。我不知道老年痴呆后是怎样一个状态，也不知道人那个时候有没有清晰的思绪，我们最无能为力的就是生老病死，再就是抓不住时间。我们能做的就是好好陪伴父母。

在北京的一个下午，在办公室坐着，电话响起，我一看是老赵，心中一惊，以最快的速度接起来，颤抖地叫了声爸，爸爸在电话里口齿不清地说着，我没听清，他努力地说，我才听清，他说想要电子烟。我说行，我知道了，回家的时候给你买。

挂了电话，我泪流满面，无法想象连筷子都拿不稳的他在拨我的电话号码时是多么吃力，因病说话不利索的他表达不出自己的想念和想法又是多么着急，我真的无法想象，也不敢去想。

爸爸是突发的脑出血，那段时间在家待了一个月照顾爸爸，回北京工作的时候，我说："爸爸我走了，元旦的时候就回来，你要好好的。"爸爸说："孩子，给你添负担了，你带着这样的家，谁还愿意娶你，谁愿意去找有家庭负担的女孩子？"眼见着他的眼里含着泪，我生气地说："你说什么呢？我不想听这些话。"

在回来的车上，带着诸多的不舍和各种牵挂。

爸爸一直不支持我在外地工作，不让我在外面过年，爸爸的性格倔强而又固执，我无数次地反抗，直到他在病床上插着氧气管、打着点滴、生活无法自理时，我在病床前泪流满面时，才开始真正体会到我不能再和他抵抗下去了，我要好好爱他。不管怎样，我都会陪着他。我不去外地了，我过节会回家，我会陪着他。我再也不会离他很远。

我会陪你走下去，陪你度过剩下的后半生。我没有什么也不能没有你，不要什么也不能不要你。诠释感情最重要的应该就是陪伴吧。

很多时候，外表像个刺猬一样，扎伤了很多人，也让很多人望而却步，然后却在深夜自责。

新的一年就要到了，旧的一年还剩五天，昨日看到同学发的一个状态——今天将是我们剩下的人生里最年轻的一天了——眼眶就湿润了。

今年的时间过得格外快。我问妈妈为什么，她说，因为你长大了，长大了就会觉得时间过得很快了。恍然之间，我发现了妈妈的白发。

有几个很好的闺密，她们嫌弃我的矫情，嫌弃我的不敢打耳洞，嫌弃我的贪玩不找对象，嫌弃我的不够狠心，嫌弃我的身体和心理极度敏感，嫌弃我的怕冷，嫌弃我的情绪化，却还是为了我的事情忙前忙后，照顾生病的我，照顾酒后断片的我。对她们，除了感激，还是感激。谢谢生命中遇到你们。

不想承认自己是个文艺青年，只想说自己是个矫情女子。前些日子，站在店门口发呆，忽然有种想出去走走的冲动，于是便买了去苏州的车票，连夜赶了过去，见了自己想见的人，去自己想去的古镇。那些走过的石板桥，吆喝过的小贩，许久未见的同事，撩动秋水的行船，听不懂的歌调，带回来的明信片，用江珊的那句话，古镇可以给人带来安全感。

那些年追过自己的男孩子都结婚了，那些口口声声说想自由不想恋爱的也有女朋友了，可自己还是那个尖酸刻薄理性的单身的自己。

纷纷扰扰的世界，想寻求一点温暖，却总是被现实打败，努力站起来，继续向前，因为我别无选择。

不知道自己想表达什么主题，只是想起这么一句话，一路狂奔，很适合现在自己的心境。

一路狂奔，不管风雨兼程，不管你有多狼狈，请一路狂奔，活出自己的青春。

因为一无所有，青春才值得冒险

陆小墨|作品 温暖系兔子作家
@陆小墨_Moly

这是陈琪第一次和我聊起她的工作困境。

我和陈琪是大学同学，我们认识也有很多年了，大学时一直都是很好的玩伴。她毕业后只身一人来到武汉，我也机缘凑巧被武汉的一所高校录取了。

大学那会儿还没毕业，我们俩聊起未来的事，还会把彼此规划进去，说以后可以约着一起出去玩，一起买菜做饭，一起窝在她的小屋吃零食看《爸爸去哪儿》。

说起来，当初两个人第一次见面还是因为一档综艺节目。我很喜欢看韩国的《Running Man》，有次在礼堂彩排时遇到一群女生在讨论懵智（宋智孝）和Gary，还有一个女生突然就说了一句：我觉得光洙很讨人厌哎，总是背叛搞破坏。

我当时就忍不住想插嘴反驳，结果被她旁边的女生给抢先了：“你难道不知道节目里的每个人都是有定位的吗？光洙在里面是最小的，自然很多反面角色都要他来做，你没了解过他节目外的为人，就别这么轻易否定一个人。”

说得那个女生只能咕哝几句：反正我就是不喜欢他。

我是从2011年开始追的《Running Man》，到现在已经快四年多了，整个大学时光我从没坚持那么长时间做一件事，除了每周定期看那档综艺节目。而对我来说，里面最喜欢的角色就是光洙。

所以，当那个女生说出那番维护的话时，我就很想和她讨论一番逗比长颈鹿（李光洙）的光辉历史。

于是就这么以长颈鹿粉丝的身份，我和陈琪莫名地就认识了。后来又聊到各自的专业，才发现原来我们是同一学院的，她学财务管理，我学工商管理。

很多年后，我在陈琪小屋里和她聊起初见时的那个场景，她感慨说，真是缘分哪，你说我们上了快一年的公共课，都在同一个教室都没能认识对方，没想到机缘巧合因为想维护长颈鹿反倒成了好朋友。

以前总觉得缘分这个东西太玄乎，想要的东西必须实实在在去努力争取，可后来发现自己很费力气想要维护的感情却没能有个完整的下文，而那些自己随心而交的朋友反而成了现在的知己。

很多感情，恰到好处才能慢慢走下去。

大学毕业后，陈琪在武汉找了一份会计的工作，而我也在学校里开始学习生活。她是正常的上班制，周末两天休息，所以我一得空就会往她住的地方跑。

陈琪做菜的手艺一直很好，特别是一道青椒炒腊肉。每次做这道菜的时候，我都会在旁边打下手，眼睛却直勾勾地盯着锅里的菜，热锅几分钟就香气四溢，然后我就下意识地咽咽口水。

她就笑话我说："你个小馋猫，快洗个手，我知道一会儿出锅了你肯定会直接用手偷吃的。"

这种时候我自然是不会错过反调笑她的机会：“你说你那么贤惠能干，上得了厅堂，下得了厨房，温柔可人笑容暖，以后谁要是这么好运气把你娶了，我能去抢亲吗？”

她无奈地说：“你到底是从哪里学得这么油嘴滑舌，这要是个男人，估计得害死好多良家妇女。”

我和陈琪的相处模式一直都是这样，她话不多，人很实诚，做事特别踏实，大多数时候都是我嬉皮笑脸逗她笑，她就像大人管孩子一样把我拴在身边怕我到处乱跑乱窜。

以至于我一直认为，她是没有什么烦恼的。

和她待在一起的日子里，我都是没心没肺的状态。因为不太喜欢把自己的坏情绪外露，我更喜欢和别人待在一起时考虑的都是开心的事情，所以我和她并没有深刻聊过什么。

就好像，每次我问她：“你工作怎么样呀？”

她会回说：“挺好的，除了之前那个老板比较严格不通人情外，其他都挺好的。”

于是我就以为她好像什么事都能够解决，什么样的苦都能吃，什么样的人情世故都能游刃有余。

说实话，要不是她昨天突然给我发信息说明天想来学校找我，我可能都不会记得，原来我已经很久没去她那里玩了。

有那么一瞬间，我觉得自己很自私。我以前一直觉得我和陈琪之间是互相玩乐的伙伴，而我每次去她那里也都是去寻找快乐的。可我其实知道没有人是可以一直没有烦恼的，她只是在你面前表现得什么事都没有，也许在很多个深夜里，她一个人躲在被子里闷声流泪。

陈琪说："小墨，我最近很烦躁，你能陪我说说话吗？"

我打电话过去说："你晚上来我这边睡吧，我也很想你。"

我和陈琪约在学校附近的咖啡店，我刚开完会从教学楼出来，骑着我的小电驴一路飞奔到学校门口，拎着一大袋水果走进去，一眼就看到了她。

那个瞬间，我感觉自己像是回到了大学时代，在无数次人群里走散时，我转过身一眼就能看到她的模样，清晰而又深刻。

其实我知道，这一年来，陈琪并没有过得很好。

大四那年，陈琪说她打算考研，于是每天凌晨六点起来，晚上十一点睡。她是个很有耐力的女孩，白天除了要做题和参加补习班之外，她连午睡的时间都会掐得很紧。

那段时间她身边的很多朋友保研的保研，工作的工作，只有她一个人在图书馆和自习室里徘徊，有好几次我看到她烦躁地一个人躲在寝室刷电视剧，然后第二天又正常跑去自习。

说实话，我一直很佩服考研的人，这不同于高考，是一场大家共同的战争，考研是一场自我的斗争，你输的也许不是别人，而是你

我不会再回来啦

下雨前的十分钟

进　　　　来

坐 坐 啊

没能坚持到最后。

可陈琪坚持了，也一路走到了最后，她却输给了数学。因为差了三分，没能考上她报考的学校。

她没时间来得及难过，就马上开始找工作的步伐。其实考研结束后，很多好的企业也已经停止招聘，她狠了狠心，想着以后不能待在昆明，就买了火车票连夜来了武汉。

到武汉的第一天，她是在火车站度过的，因为火车晚点，是在凌晨一点到的，她本想随便找个住的地方，可附近的黑店漫天喊价，她想了想，还是在肯德基里趴着睡一晚上，等天亮了再去找。

她一直是个很节约的人，因为家里条件不是很宽裕，她所有的一切都要靠自己打拼，再加上她算是村子里比较出名的大学生，父母对她的期望也很高，这也是她一直没敢回老家工作的原因。

她从来没有直接和我讲述过她刚到武汉时找工作和租房子的艰辛，大多数时候她回想起来都会说，幸亏我运气好，奔波了好一段日子终于找到了现在的工作，然后签下了现在这个住宿的地方。

她很感谢当时在武汉的一个同学，因为那时候真的无依无靠，还好那个同学宿舍有空床，才能够让她先住一段时间。她说，人不会那么轻易陷入万念俱灰的困境的，因为我相信总有人愿意拉我一把的，即使我一无所有。

而那些人，就值得自己一辈子去铭记，去感恩，然后等自己以后有能力了，也能帮助到别人。

我笑话她说这话太伟大了，但其实我能理解她的感受，特别是在她前途很渺茫的时候，无论哪一种馈赠都是一份好礼物，这就是雪中送炭的情分。

后来她慢慢在武汉定居下来，一开始工作很累，每个周末都窝在家里，也没有力气再跑出去，她本身就是个很宅的家伙，就这样过了一年。

然后现在，坐在我面前的这个姑娘，一脸迷茫地问我："小墨，我不知道自己该不该辞职，我也很想换个住的地方，可我很害怕。"

我有点惊讶，因为一直认为她对自己的工作就算不满意，但也不至于辞职，而且她之前还和我说室友都挺好的，也不会马上想换住的地方吧。于是我问她："你怎么这么突然？"

她说："其实我并不讨厌工作本身，相反我很喜欢现在的工作，但是公司的文化制度和上班环境太差了，老板和上司也是属于比较古董的想法，同事之间倒没什么，但老板真的很让人糟心，以前我们工作还会有绩效，现在改革了就只剩下基本工资了。

"而且，我住的那个地方你是知道的，那个室友和我住一个房间，她太敏感了，只要我一动身她就会惊醒，她已经失眠好几天了。

“我已经工作一年了，可我突然就很害怕我现在的生活状态要是一直持续下去，我还能看到什么不同的吗？”

我安慰她说：“你先别急。那你有什么打算？”

她说：“我也还没完全想好，但我想尝试去做财务分析类的工作，而不是每天只看凭证只做会计核算，我还是比较喜欢分析类的工作，想往其他领域发展一下。关于住宿，我是真的想搬出去找个单间住。”

我说：“小琪，其实你有没有发现，你对自己是有认知的，而且你也知道自己想要什么，你根本不用我帮你出什么主意，你只是缺少一个推动你做这些事的动力而已。

“你希望有个人跟你说，你的这些想法都是对的，你可以做到的。我只是好奇，你在害怕什么？”

她说：“小墨，我害怕我现在的这份安稳被破坏后，我会很难回到好不容易找到的生活状态。”

“可是亲爱的，你觉得现在的安稳让你满意吗？”

我们好像总是在给自己找很多的理由说服自己不要轻易改变，觉得拥有了一点东西就差不多了，可以忽略掉其他的不愉快，躲在这个舒适区里每天也能过日子。可年轻的我们，拥有的东西能有多少呢？

我耐心地帮她算了一笔账：“你看，你现在只有基本工资四五千，目前还没有男朋友，感情上没有牵挂，家里的父母也还不需要你赡养，你现在住的地方除了离公司近，也没什么优势。

“好，就算你现在已经积累了一定的人脉，但你只是个小职员，你现在公司的上升空间几乎为零，现在连绩效都取消了，老板的眼界也不是很高，公司的未来发展只会越来越窄。

“你试想一下，如果你继续待下去，你在这个领域能有多少的核心竞争力？

“如果明明知道这一切还有很多瑕疵，你还有很多其他的机会，那这一份安稳，你为什么还要贪恋呢？”

很多时候并不是我们空想，而是我们总是在害怕失去一些无关紧要的东西，以至于在真正想去做的时候变得畏手畏尾。

更重要的是，我们太容易躲在安稳的光环下苟且偷生了，想想这一辈子也就这样了，别去想东想西，然后依旧活在那个充满抱怨和不满的生活中，等到若干年后，或许还能和年少的孙子孙女聊聊当初的悔恨，要是当时我怎样怎样就好了……

我其实并不提倡盲目辞职，也不认为自己想的事情一定能做到，可我相信的是，如果一个人已经比较清晰地知道自己不想要什么，那就一定不能强迫自己继续去做。

生活有很多种选择，我们没有必要为了贪图一时的安稳而放弃追求更舒心的生活。在我的观念里，人的一生必定会经历很多次重大的抉择，但每一次都是对现有安稳状态的改变。

也许有些改变是好的，有些是不尽如人意的，但只要每一次都是凭心做出的选择，那么一定有它的道理。不过重要的还是，我们需要在做出选择前，权衡利弊，盲目从心那也是很可怕的一件事。

我一直认为，三十岁以前的我都是一无所有的，我没有家庭的负担，没有赡养父母的实力，我所拥有的就是一腔热血去用力感受这个社会带来的美好和痛苦，经历挫折和失败，学会如何做人做事。

正因为这样一无所有的青春，我才敢去做出任何看起来疯狂和不安分的决定，然后脚踏实地去做好每一件事。

希望未来的自己，都会感谢现在勇敢的我们。也希望亲爱的小琪，你能勇敢一点，别怕，有我陪在你身边。

我爱这世界的食物，可我更爱你

谷谷|作品 简书作者 不正经写文的伪工科女
@谷谷咕噜咕噜咕噜咕

1

入秋雨水不停，十一长假懒得出门看人头，便窝在宿舍里追剧刷书，整日和室友大眼对小眼，再就是下楼接个外卖。

昨天晚上突然兴起想吃比萨，从床上跳起换衣服穿鞋找伞拿上包就出门。只凭着对以前同学推荐过的那家店的隐约印象，便刷卡上了公交。

七点多辗转了大半个长沙到达那家店，刚好赶上店里最后一批客人离去，心满意足享受窗边独坐吃东西的待遇。

心情好到连窗外的雨都可爱到不行。

吃完最后一口比萨，撑到不行，和老板打招呼说拜拜，坐公交穿过秋雨绵绵冰冷夜里的长沙回学校。

到学校的时候给老许发了一条微信："吃完比萨到学校啦，好吃死，下次一块儿再来。"末了发了个星星眼的动态图。

"好。"

老许秒回，这边的我乐到撑着伞傻笑。

2

和秋裤谈恋爱的时候，因为他是湖北人吃不得辣，整日里我俩都绕过食堂去吃西门里边的砂锅粉，我点一份麻辣油面砂锅粉，他则百年不变一份原味砂锅。

我贪食多样，却总是吃得很少就饱。可食物是我世界里除人之外最重要的东西，吃不完也不能浪费。往常一个人就慢悠悠地边消食边吃，谈恋爱了担心对方不耐烦等待而常常跟着他的频率差不多停下筷子。

我是想要秋裤帮我消灭掉碗里这半碗砂锅粉的，可我才把碗推过去，他就摆摆手说：

“别别别，我吃不下了。你看我这么瘦，很容易就饱了，而且这么辣我吃不下的。”

秋裤对我很好，一个人可以穿过大半个校园在我宿舍楼下等我去自习，可以半夜爬起来帮我作图让我去休息，是不嫌弃我胖丑爱吃的男生。

可他从来不愿多吃一口我们吃不完的食物，理由也从来都是那些吃饱了，太辣。

我们吃饭的地方从学校周边的粉店到包子店到饼店，最后回到食堂里边的自助餐。

你端着盘子和我端着盘子，坐在三楼阿姨叔叔们对峙的飙着长沙话的食堂里，不言一语。

分手的时候，秋裤说对不起。我在这边哭成泪人地祝他好，四月夜晚里清风下的烧烤超辣鸡腿鸡翅可真他妈好吃。

3

和老高在一块儿是大三的时候，一群人在外边喝酒庆祝比赛结束，我借着酒劲耍酒疯挂他身上，他扶着我走，每隔十米就得上一次厕所，膀胱简直像从他身上被割掉。

他把我放树下，我晕乎乎的时候突然觉得很想和这个人喝一辈子啤酒，吃一辈子饭。

在一起的时候是深秋，天凉得裹着风衣。他穿一件灰色的外套，冬天才穿的那种。我笑他："傻逼啊，天还没到时候就穿这么多。"

"我暖和了，就可以牵着你。"

谁说工科男生不会说情话造浪漫？老高说这话的时候，我放在空气里的手都僵硬得不知往哪儿放。

老高是个学霸，某些学霸气质在谈恋爱里边被体现得淋漓尽致。

只有必须与非必须，只有必要与没必要，只有能与不能。

所以认树识花并不能创造财富，提升经济，属于非必须技能。看课外书属于陶冶情操，可与工科制造没有关系，也属于非必须技能。

顺带着……连吃也只是为了填饱肚子，没有附属功能，好吃与不好吃并没有区别。

所以，我和老高在吃上边高度不统一。

他爱吃固定的一家店、一个菜，坐固定的一个位置。理由很简单，这个菜不错，能吃，地方好找，位置好认，那就别浪费时间去其他店吃菜实验。

可我不行，吃一家店的同一个菜绝对不能超过三次，会吐。

开始的时候我拉着老高吃别的店，他嫌弃得脸都要掉在地上，更加在我把吃不完的菜递过去时，超大声地在餐馆里指责我。

“你是不是吃饱了撑的？！吃不完还点这个菜，多浪费你知不知道？还让我吃你剩下的，想都别想。”

也许是我的问题，经过几次不愉快的就餐之后，我和老高协定不一起吃饭，各自解决。

晚上逛校园的时候老高挺高兴，我提出去南门买糖炒板栗，他说好。买完之后我一手挂着板栗袋子，一手掰板栗吃。老高觉得我这样手冷，便接过袋子给我剥。

我乐得轻松边吃边蹦跶，可那袋板栗底下老板给装了好些坏板栗。老高连着咬开好几个坏的，弄得一嘴的坏板栗渣，气恼到不行把剩下的板栗扔垃圾桶里，还咒骂老板人品不行。

我还没来得及张口拯救那袋可能还有好的板栗，才说了一句：“你怎么把它扔了？”老高脾气就上来了。

“你还好意思说！要不是你好好的买什么板栗吃，我会吃到这么多坏板栗吗？本来就说了大晚上别吃别吃，你就是不听。还说要减肥，我看哪，你这肥也别减了，越减越肥！”

老高说完后，一阵风刚好刮了过来，冻得我凉了半截，总归当时太过于喜欢，以至于他连这些话都说出口也没想过去反驳，闹分手。轻描淡写说了句“咱回吗？”事情就算过了。

相对于平常老高发的脾气，我们分手倒是平静不少。没闹什么，也没多说什么。时间久了倦到他觉得等我瘦太慢，累到我觉得伺候他太难。

分手后的第二天，我一个人去吃了自助餐，周二的整个下午不停歇。所有的食物一个人解决，旁边没有人再指手画脚地说：“你吃得完吗？吃吃吃，迟早胖死你。又不好吃，你老要去干吗？”

那个下午，我觉得食物有了一种前所未有的美丽。

4

大四之后常常一个人去吃美食，巷子里的龙虾、八楼的私房菜、街口的糖油粑粑、后门的臭豆腐……

食物在这座寂寞的城市，用填满着胃的方式，不断蠕动着温暖那个拳头大小的心口。

而这种方式比任何方式都来得稳妥。

没有人来抢走你的食物，也没有食物跳起来指着你说胖胖胖，更没有讨厌的人在你耳边念叨这个不好吃。

突然变得爱咋咋的，这世界花天酒地。

多美好，我爱你可我更爱食物。直到遇到老许。

认识老许是当时我参加一公众号“舌尖上的长沙”举办的最萌吃货，获奖的前十名都可以去一家日本料理店免费吃一顿。凑巧老许也参加，也获奖，更和我同一天预约到的店。

如此有缘，就拼了个桌。其实是当时店里人多桌子少，服务员就直接把老许带我桌前说都是参加那个活动来体验的，就拼个桌吧。

老许笑得一脸灿烂地冲我说：“嗨！”惊得我把手里一块刚刚蘸好酱油的寿司掉到了桌上。谁知道老许毫不见外就把寿司拿起来，塞口里说了一句“别浪费”。

真的，长得这么帅已经吓到我，还能帅到这么不见外更是惊到我。

于是，和老许就这样吃上了。

我俩在一块儿挺自然的，约着一块儿吃猪脚的时候，他突然问能不能大四这年多带他出来吃东西，不然毕业以后他回去都不好意思说在长沙待过。

我把手中的一次性袋子撸下，拍着他手臂说：“没问题！吃一辈子都成！”

就那样，在一块儿了。

老许后来总说是我表的白，追的他。我就追他两斤口味虾、五两蟹的不要脸。

老许从不挑食，辣的甜的咸的统统可以来一点儿，荤的素的海里游的天上飞的都没关系。整个儿就是一无敌大胃王，来者不拒。

深得我心。

老许除了不挑食还不浪费，因为两个前男友的经历让我不敢把吃不完的食物推过去，每次吃饱了就擦擦嘴装矜持。老许就一点不客气地把我碗抢过去吃完，丢一句“你不吃就给我，不然放着多浪费呀”。

亲爱的老许，你说这句话的时候我能不能当你在求婚?

我们俩在长沙开启了吃货模式，打着“不放过不怕肥不浪费”的旗帜，横扫长沙美食。

5

老许从家里过完长假回来的时候，还没回宿舍放包就被我拖着去吃弯道炒饭。

他一听是去吃好吃的，便从一副要死的状态变成了拽着我狂跑。

我把碗里的蛋炒饭都吃完，把最好吃的叉烧留下来，挪过去碗给老许。他不像以前的男友那般一脸嫌弃看着我，而是把他碗里最后一粒饭吃掉后接过我的，无比自然地吃了一勺。下一秒，他便把勺子递过来喂我。

我把最好的部分留给他，他却始终坚持最后一口怎么都要分给我。

张嘴的那瞬间，我突然想告诉老许：

“亲爱的，我想和你吃一辈子饭。我爱这世界的食物，可我更爱你。”

不 情 愿 的 隐忍　都是可悲的

叶子鱼|作品　暖心编辑
@周亚菲JOJO

忽然有了这个感慨，是因为今天晚上和朋友聊天的时候，发现了两种截然不同的员工。

一种是Z这种类型的。Z的上一份工作，在业绩整体提升110%的时候，仍没有得到领导的奖励，但是Z一直没有向领导请求涨工资，Z说："领导会看到我的努力，倘若我开口，老板会不会觉得我是个不安分的员工，有了一点成绩就要求待遇提升进而考虑到这个员工的忠诚度问题，所以我隐忍了。"最后，业绩一直在涨，工资一直不动，Z什么都没说，觉得隐忍的限度到了，离职了，毅然决然。

一种是T这种类型的。T刚来北京的时候，工资只有2000多元，后来随着业务的提升，便不断向老板提出加薪的要求。现在T对自己的工资讳莫如深，前两天还在打电话让老板加薪。事实是，T在北京待了快四年了，一直在那个公司，从未离开。

我很纳闷，是什么让Z在业绩做得那么好的时候，张不开口提加薪？是不是现实中真的有很多这样的员工，为了维护和公司、老板的关系便从不会主动要求什么，只在心里默默抗争，唯一的反抗便是离职，不给公司和自己留一点后路。甚至，他竟然觉得在工作过程中和老板提加薪是一件会影响和老板关系的事情。

我也纳闷，是什么让T在一个公司坚持四年，并在业绩进步时，拿到自己应得的奖励？难道真的是"会哭的孩子有奶吃"？难道他就不担心老板对他的加薪要求反感吗？

那对公司来说，真的有类似Z这样业绩斐然的员工，没有员工的申请，公司是不是就真的不会主动为员工提升待遇？那对公司来说，损失一个像Z这样的员工，就真的不觉得可惜吗？

我承认T现在的滋润生活，有他的道理，在每次进步后，每次做出业绩后，T都会提出加薪的要求，甚至，加薪几次后，老板看到他的表现，也会有主动调薪的行动。

Z是我的大学同学，毕业后和我一样成为北漂。在平时工作忙得不可开交的时候，见面的机会并不太多。好在多年的友情基础还是异常牢固，并非一朝一夕就能发生改变，坦诚地说，从未变过。

在北京的朋友不多，遇到事情，觉得Z是我很快想到的一个人。而我对Z来说，也许能提供的实质性的帮助不多，但在遇到一些大事的时候，总会相互联络商量。

今天中午Z约我和T晚上一起吃饭。到了下午六点的时候，还没有消息，索性准备随便吃了，却被告知一定要等他半小时。

后来数着地铁的站数约好一个中间的位置。我和T到的时候，在角门东地铁外的银泰看到了早到的Z。

这次看到Z，T说Z又胖了，我其实并没有觉得Z又胖了，也许是上次见面的时候，他胖得太厉害，这次反而没有太多震撼。

吃饭的时候，Z说："我一定要在这个行业好好做下去。但是，现在的工作不适合我。我想跳槽。"

说到离职，我忽然想到马云的一句话：员工的离职原因只有两点最真实：1. 钱，没给到位；2. 心，委屈了。

作为Z的朋友，我对他的工作了解得不深入，但是对Z心理状态的变化却能在平时网上聊天时发现得很细致。

Z现在的公司有两个人，一个是他，另一个是他的老板。说是公司，更多的性质是共同创业。Z的工作除了平时陪着老板见客户，还需要运营一个微信公众号。

Z说了很多关于现在状态的事情。归纳起来，是以下几点，不知道和你的老板有没有相同之处。1. 去年承诺的年底30000元奖金，到了年底，老板什么都没提。当然Z也什么都没问。2. 去年Z帮助老板去申请公司的申报材料，花费了1700余元，后来老板只给Z的账户上打了1500元，说是剩下的以后补，但是之后没有。3. Z的老板经常安排Z帮他应酬。晚上应酬完，通常地铁都没有了。承诺给Z的打车补助等，分文未见。4. Z在运营微信公众号的时候绞尽脑汁，从来没有周末节假日。他自己心甘情愿的同时，还要接受老板二十四小时的随时待命。

说完这些Z说："我要离职了。重新找工作。"

T和我说："你为什么不向你的老板提一下呢？既然你那么喜欢这个行业，那么喜欢这方面的工作，也许你提了，工资会涨，奖金会有，你也能更好地为工作倾注你的热情。"

Z说："上一个工作，我就是这样离开的。我的努力让整个团队业绩提升110%的时候，没有给我应得的奖励。等我已经提出离职，就算公司愿意给我涨工资，我说了离职又有什么脸面出尔反尔继续留在那里呢？况且，现在这个老板，我如果提出加薪，他不同意，那我还怎么能继续留在这个公司呢？所以，我要么安静地隐忍，要么毅然决然地走开。"

我和T终究没有说服Z。

看着他疲惫的背影，想着吃饭时，他些许暗淡的眼神。我忽然觉得，当时毕业的时候，那个穿白色T恤、蓝色牛仔裤的阳光少年，竟变得模糊。

我也终于明白，所有不情愿的隐忍都是可悲的。

只是，不情愿隐忍的人，肯定不止Z一人，我肯定没有伟大到去说服每一个这样的人的上司去关注他们，主动看到他们的进步，哪怕是一点点。

那么我只能去建议Z，甚至Z这样的人：要么心甘情愿地忍受，要么大声地表达自己的想法。

我 知道 你 为什么自卑

菲比福|作品 微博红人 温暖情感作家
@菲比福

青春中的任何小事都成了我自卑的理由，而我爱的人却那么光芒万丈、仪态万千，这让我在他面前扭捏生涩。

我在他面前连最简单的一句家常都不敢说。他看着面前勉强踮起脚尖的我，用力揉乱我的头发，再轻声叹息默默走开。直到很久后的某一天我才明白，那些细小得只有自己才在意的缺点，变成了一个巨大的罩影，罩住了我们原本应该生生不息的青春。直到有一天我们明白，真正的爱与这一切小缺憾无关。

在进入青春期后直到婚后的很长一段时间，我都没能走出我自己为自己的缺点设定好的聚光灯。

它好像黑暗舞台上的一束光，只打在我最在意的缺点上。

我想，我是感谢它的。

因为从小我就是一只自卑却又勉强的摩羯。

我时常过度关注我身上的缺点，一边为它感到绝望，一边仅凭自己骨子里的努力和执着去一点点修正它们，这让我不断成为更好一点点的那个我。因为这些努力并非我发自内心地想去做，但又能一直如同设计好的程序一样自助运行，所以，我自定义其为：“勉强”。

说起来，小学时代应该是我的黄金时代。作业经常不写，时常旷课，和男生打架，和老师打架，因为爷爷和校长熟悉，连班主任也奈何不了我。长相也是我一辈子里面的鼎盛期，成绩不学也好，绘画、写作在省里市里拿到的奖项都是我们那所小学历年来的最好成绩，毕业前就在上海的某报纸上发表文章。按理来说，我应该不自卑吧。可那时自卑的点子很细小。比如，某次考试某道题目做错了，我常会为此整夜失眠，哀伤不已，生怕老师从此冷落了我。如今回忆起我的聚光灯，它仿佛如同从天际射来，直接准确有效地击中我最最脆弱的阿喀琉斯之踵。然后，我成功地自己将自己狙击到，屈膝跪在苍茫的大地上啊，啊，啊，啊。

所以，当这种自卑开始聚集时，你会发现你的心灵状态开始发生了改变。这种改变不是一朝一夕形成的，而是默默积聚的过程。

我时常对着五岁的翰翰默默观察，我发现他永远是嘴角向上笑眯眯的。我想，至少在进入青春期前，我的基本状态也都是如此的。可后来，我发现自己变得惶恐不安了起来。聚光灯也开始不断地照在我不同的缺点上。比如，我现在还记得，十岁时参加演讲比赛，妈妈给我买了一件粉色的夹克衫。这种夹克衫是收腰款式的，而我的个子那时候还不高，腰在比较靠上的地方，这样夹克衫的收腰处就正好落在了我的胯骨上，一转身的时候，夹克衫正好卡在我屁股上面一点的位置上，整个屁股就会很明显地突出来。这其实是多么正常的一件事呀。可当时，我整个人囧极了。不停地在想，哎呀，怎么办，如果要我转身可怎么办呀?

那种在意和窘迫，不知道你是否能够了解，它不仅毁掉了整场演讲，更让我历久弥新地记忆至今。

再后来，也是一连串莫名其妙的我自以为是缺点的缺点开始慢慢侵蚀我的生活。嗯，怎么说呢，比如，上大学时生活费不是特别多，我又查出有了120多度的近视，只能给自己配一副便宜的粉红色边框的近视眼镜。那种满大街都是的款式，让我戴在脸上，恨不得找个地缝钻进去。

对，没错。我因此放弃了佩戴眼镜，就这样第一次和男生一起去看电影，我连大屏幕上演的是什么都不知道。

我想，你应该想到了，一定是我的缺点聚光灯又照到了我的眼镜边框上了。直到有天，有个男生带我去配了一副眼镜，架在我的鼻梁上，告诉我：其实，你这样很漂亮的。

再后来，结婚生子，万事喜乐。可我还在纠结自己各种各样的缺点。比如，那时我的小弟还没自立，我经常要给他一些银子贴补他日常开销。和闺密闲聊，我总会提起这件事，并因此觉得我的人生几乎要被这件事毁掉了。

闺密小咪在忍受了我长达数年祥林嫂般的哭诉后，终于忍不住爆发啦。

她说：“你太把这件事当回事啦。这仅仅是你庞大人生中细如毫发的一个点而已。”

是啊，在无边无垠的空间里，在无远弗界的时间中，曾经做错的那道题目、那件粉红色的夹克衫、粉红边框的近视镜……都好似尘埃一颗，晃动轻盈，风吹即散。

这一切都不能成为什么重要的人生绊脚石。

记得前不久才看了方慧写的那篇《痘》。好多人说没懂，我却瞬间内心被击中。曾经的一个个我，好像一连串地又回到了我的面前。

故事讲的是一个曾经很漂亮顾盼生辉的姑娘，因为脸上长了痘，从此自卑不已。开始用各种化妆品遮盖这些瑕疵，让它们不要被别人看见。后来，她在网上交了一个男朋友，化了妆和他约会，他夸她好美，可她连头都不敢抬。两人去宾馆开房，云雨过后，早起女孩找不到男孩，内心悲伤不已。回到家里就给对方发了短信："我对你没感觉。我们分手吧。"

而其实男生只是穿过几条街去买了顿早餐。

所以，人生咯，不就是如此。

只要你自备缺点聚光灯，照向你的缺点，哪怕这缺点小至毫厘，也能被你放大到无限庞大，然后狠狠向你的肉身砸来，砸你个四仰八叉、此生混沌。

再后来，我发现，我和这些缺点已经能友好而和平地相处了。

我开始研究自信的秘密，开始接纳这些细小的缺点，接纳真实的不完美但生生不息充满生命力的我自己。

再再后来，我遇到了很多个曾经的“我自己”。一个貌美恬静的高智商姑娘纠结于她先天的一种并不严重的疾病，一个美国留学回来的二十三岁家境优越的女孩纠结于她原生家庭父母关系的不和谐，一个和男友相处愉悦的女孩纠结于自己过快和他确立了关系并未完全遵循戒律…… 纠结是小事，大事是，她们因此长时间地沉浸在惶恐和不安中。

虽然，各人有各人的缺点，但这些女生和当年的我并无二致，她们统统把缺点放在了离自己眼睛最近的地方，以至于看不到整个世界。

这是神奇的缺点聚焦现象吧。

我并不太知道这种问题——当然如果这真的算得上是一种问题的话——应该如何解决。我只知道，当我真正意识到这是错误的时候，改变不过就只是一刹那的事情。

如今，我三十五岁，依然是个近视，依然会做错题目，依然没有长得太高。但最大的不同，可能就在于，我可以堂而皇之地戴上粉红色边框的眼镜，心安理得地认为马虎不是缺点，穿着平底鞋到处溜达。

当我开始接纳那些人生中的不完美时，我觉得，我比我人生中的任何一个阶段看起来都更“完美”了。

所以，也祝福你。

那个纠结于自己“不完美”的年轻的可爱的姑娘。

奇　迹，只是努力的另一个名字

桃啃笙|作品 闺密系暖调写手
@桃啃笙

1

昨天下午我临时想起一件事情，想找朋友确定。她人在美国，和我隔了十二小时的时差。当时是北京时间下午四点三十分，也就是她那里的凌晨四点。

我原本想的是发完消息，等她醒来看到回复就好。可这边消息刚发出去，很快就得到了回复。

我惊诧地问她："你这是睡醒了还是……"

她发来语音，嗓音带着通宵熬夜后的沙哑："还没睡呢，做了一宿作业刚做完，打算喝杯浓缩咖啡，出去跑个步就去上课了。"

我的这位朋友，在世界排名前三十的大学读生物工程，同时也做一些副业。令我钦佩的是，她副业做得风生水起，已经能够获得经济效益的同时，自己的学业也没有耽误，而且年年都拿全额奖学金。

自打和她认识的那天起，我就习惯性地，在她的凌晨时间发些东西给她，以试探对方有没有按时睡觉。而大多数时间，她都会回复。那时候她多半是刚忙完学校的事情，再延长工作时间，来保证自己副业的正常运转。

想想我每天早上只要没有课，一觉睡到九点都是常有的事儿。而她每天连五小时的睡眠，都得是快马加鞭做完工作才能安心睡着。

这就没有什么好去妒忌的了，她付出了超于常人的辛苦与努力，自然也会得到相应的回馈。

2

我上大学时在学校的编辑部里，每期都会有采访任务，让我们去采访那些校园里的积极分子。有的是学科天才，大学四年连续获得一等奖学金，还以第一作者的身份在大刊发表了N篇学术论文；有的则是创业精英，还没毕业就已经拥有了自己的软件公司，年营业收入超过百万元。还有做公益慈善的，大学四年坚持利用寒暑假去山区支教，获得了“全国优秀大学生”的称号。

但令我印象最深刻的还是那个创业的学长，他高三那年高考失利，没有考上大学，就自己在家学习编程，潜心学了一年，接到的第一个活儿就是帮老家的乡政府维护网站。他在实践的过程中发现自己依然有许多不足，于是回家复读一年，进了我们学校的理信学院。

大一时，他建议学生会创建一个全新的部门叫“电子信息部”，由学生来解决学校的网站建设和网页维护，获得批准。我们学校最早的教务系统也是他以个人之力花了一周写出来的。

大学前两年，他帮助学校里的各个院系部门解决问题，大到写网站，小到修电脑，扩大了自己的人际圈子，也积累了良好的口碑。

许多领导都给他介绍过编程和维护网站的活儿。到了大三那年他已经注册了自己的软件公司，第一年营业收入就突破百万元。

之后他又在学校设立了以他名字命名的奖学金，专门用以奖励“理信学院”成绩优异的困难学生。他本人已经成了学校的一个传奇，一时间地方的媒体都来采访他，希望获得他的创业经验。

而学校更是邀请他作为先进分子，一轮一轮地做经验分享。到我们采访时他神情十分疲惫，带着通宵编程留下的黑眼圈。我们说：“学长，你有什么话想对学弟学妹们说吗？”

一个再公式不能的提问了，他却明显有些激动。他说：“其实我今天原本不想来了，这样的采访太多，每次都问相同的问题，说一样的话，我也没觉得你们真的能获得什么帮助。不过昨天我接了一个电话，我觉得还是得说明一下。”

他接到的电话，来自一个大一的学弟，学弟说听了他的创业报告，心中沸腾不已，热血难凉，打算就此退学，也回家创业去，连退学需要的手续都准备好了。

他听到后急忙劝阻，同时反思自己到底是哪一个环节说错了，想来想去找到原因，究其根本就是，那些报告只向外人展示出了创业最美好的一面，好像只要扛起创业这面大旗，就能赚得盆满钵满，努力啊、奋斗啊、人脉和技能积累啊通通都可以抛置一边。

他周身的荣誉与冗长的头衔，像是黑暗中的一团花火，吸引着人们，像趋光的小虫扑向光明一样扑向他，却对周遭包裹的黑暗熟视无睹。

见他创业成功了，就纷纷鼓吹大学生自主创业，多么多么赚钱，令许多根本没有目标规划，更没有本事创业的人一哄而上，反倒耽误了学业，得不偿失。

殊不知黑暗才是成功之路上的主题，而那看似璀璨发亮的花火，不过是千百次栽跟头后，点燃的那么一点点微光。

学长说："所以你们这回就写点实实在在的吧，我给你们讲我开公司前，是怎么磨破嘴皮子帮人卖电脑的。公司刚起步运营的时候，只有我和我女朋友两个人，我连着几个月都赚不到钱，还得靠她在学校里帮忙复印打印才能生活。冬天出租房里暖气都没有，写程序冻得不行了，就拿冷水把手搓热了再继续。"

太多人只去了解成功人士表面的浮华绚丽，却忽略了成功背后所要付出的异于常人的辛苦与努力。他们虽然赚着大把的钞票，却也要付出与收获相抵甚至更多的精力与心血。

一篇三千字的文章，读一遍不会超过五分钟。而不算上构思选题，光敲出差不多就需要一小时。而这一小时付出得值不值，还要取决于读者能否在那五分钟的阅读里有所获益。

一道很好吃的菜，吃光也许只要半小时，但从种菜到买来洗净，到最后的料理装盘摆到你面前。呈现在你面前的只是一盘菜，背后却凝聚了无数人的心血。

从来没有容易的事，只是你想得太过简单。

3

有读者在后台问我，怎样才能快速获得和你一样的写作技巧啊？

每当这个时候我都不知道该怎么回答，我之前一直觉得自己很幸运，刚写了三个月就能小露头角，实在是全靠大家的扶持与运气。

但有一次我和另一位作者朋友聊起这件事，她说："不对，你靠的是你多年的累积。"

听完她的话，我整理了一下从大一到大三，三年写过的文字。仅仅是写完能成型的，就有二十六万字，还不算那些平时发的碎碎念和小段子。

作家格拉德维尔在《异类》这本书中，提到过一个"一万小时

浅　　蓝

忘 了

打 开

颜 料 盒

定律”，说的是：“人们眼中的天才之所以卓越非凡，并非天资超人一等，而是付出了持续不断的努力。一万小时的锤炼是任何人从平凡变成超凡的必要条件。”

而一万小时，按照每天工作八小时，一周工作五天来算，要成为一个领域的专家也需要至少五年的时间。

所以哪有什么速成的不二法门，想要达成某件事，能做的不过是竭尽所能，奔着自己想要达到的目标罢了，一如里尔克说的：“有何胜利可言，挺住就意味着一切。”

4

而当我经历过的人与事越来越多，目光所能触及的世界愈加广阔后，我才发现，原来能靠勤奋努力解决的问题，已经是人生中最容易闯过的关卡。

因为除了努力以外，还有智商、颜值、人脉这些摸得到的，以及可遇而不可求的机遇会阻挠你。

所以连最基本的努力都需要别人踹一脚动三动的人，还以什么资格谈前途和理想。反正都在起跑线躺下了，干脆钻进被窝做白日梦会更轻松一些。

奇迹，看似神奇，不过是努力的另一个名字罢了。鸡汤喝得再多，都是成功人士吃剩了鸡肉，拿鸡骨架煮烂了给你的，如果无法将精神动力转化为身体力行，那只能永远在原地踏步，甚至节节后退。

你自己如果不努力，就算上帝想拉你一把，都找不到你的手在哪里。

所以做人也好，做事也罢，在羡慕别人辉煌成就的同时，千万不要被那些浮光冲涨了脑子，也要多去看看人家成功背后的故事。从来都没有什么无须努力，就能一劳永逸的好事儿，就算天上掉馅饼了，你张嘴去接，还需要努力张开嘴和对准的这个过程呢。

再说了，天上掉的馅饼，你敢随随便便吃吗？你想要的那些，努力是得到的第一步啊。

所以仰望星空的同时，千万不要忘记还有……脚踏实地。

不要抱歉，要 抱 抱

徐莹月|作品 互联网金融出身 青年作者
@徐莹月

1

Mike有句名言："要把妹，先装gay。"

作为一个二流电视台的三流主持人，Mike身边莺莺燕燕多得数不清，妹子团从学生妹到模特圈再到外企白骨精无一不俱全，而且不乏胸大腿长的美女。

日常微信的聊天内容从美容护肤到文章出轨再到周扬青整容，Mike都是信手拈来，简直一副妇女之友舍他其谁的架势。

基数大了，女朋友自然就不缺，而且个个都是出挑的美女。

每次我们这群爷们儿吃饭的时候，Mike的手机都嘀嘀响个不停，我们嘴上吐槽可心里都一把鼻涕一把泪地羡慕Mike。

朋友聚会，Mike都必讲他的把妹奇谈。其中有一个经典的段子。

有次泡妞的时候，妹子问他："我和你妈同时掉进河里，你先救谁？"

第二天，他拿着泳衣约了妹子，说："我教你游泳啊，到时候我们一起救我妈。"

一圈朋友都啧啧称奇："哎妈呀，不愧是Mike，机智！"

Mike说："我还没讲完呢——正当那妹子把衣服脱下，准备换上泳衣时，我就把她上了，因为我挑的泳池在酒店……"

全体："禽兽……"

Mike傲娇地捻起兰花指，眼睛斜视甩手：“完美！”样子跟金星学得一模一样。

论长相，Mike也不算帅，一米八的个子，丢在人群里顶多算个外形达到标准配置的青年。

况且在这个拼爹的时代，没背景的Mike的全部收入都来自自己的主持工作，今年已逾三十岁高龄的他才在西四环买了一套不到一百平方米的小房子，还是按揭。

要知道，那群胸大腿长的美女身边可多的是开跑车的富二代啊。

这些女人心里究竟在想些什么？

我们都很不解，更不服气。

2

上次Mike给我打电话，说他恋爱了。

我回了一句：“哦。你不是一直在恋爱吗？”

Mike说：“不一样，这一次是真爱。”

我：“呵呵，你哪次不是真爱？”

Mike无言以对。

吃饭的时候，Mike说要带他的新女友来，我们一帮朋友都调侃："这次是北影的还是中戏的？"

Mike说："我揍死你丫的。"

虽然有心理准备，但Mike新女友来的时候，我和我的小伙伴们还是惊呆了，标准的上镜小V脸，前凸后翘，穿了一件红色的连衣裙，是个正妹无疑。

Mike叫她小Rose，确实，就像一朵玫瑰，还是一朵甜腻腻的小玫瑰。

席间，Mike对小Rose很照顾，小Rose夹不到对面的蜂蜜厚多士，Mike把一整盘都给端到了她面前。

不得不承认，Mike人确实很nice。

跟女友在一起的时候处处以女友为先，鞍前马后照顾得妥妥帖帖；不仅对女友如此，就连跟他在一起相处的男生也会被关照。

Mike还做得一手好饭，世界杯的时候天天去他家看球赛，Mike就做夜宵给我们吃，两个月都吃得胖了快十公斤。

处女座的Mike还爱收拾屋子，一个大男人的屋子收拾整洁得令人发指，还时常养养草浇浇花，追求追求生活品质。

另外身高一米八的Mike腿长都快一米了，壁咚起来也毫无难度，想必也满足了姑娘们对韩剧男主角的幻想。

我想Mike能让众位姑娘青睐的优良品质也就这些了吧。

3

不久之后，Mike和小Rose就在Mike西四环按揭的小房子里同居了。

小Rose姑娘是个靠谱的好青年，毕业不到三年就成为一家创业公司的行政总监，踩着高跟鞋“嘚嘚嘚”走在CBD的写字楼里，简直就是翻版程又青。

两人工作都很忙，特别是小Rose，每天从北二环倒地铁回到西四环简直就累得动都不想动。

开始的时候，Mike下班回来早的话还会提前做好饭，中式西式、花样摆盘，在朋友圈里秀恩爱。

不过后来也懒了，每天晚上近十点才下班的两人一回家倒头就睡。别说做饭了，做爱都懒得做。

终于有一天，两人爆发了矛盾。

恋爱了半年，Mike邀请了无数次小Rose来看自己的主持，可是因为没有时间以及各种乱七八糟的原因，小Rose从来都没有去过。

这天周五晚上，Mike正好在小Rose公司旁边的商场有一场电影首映礼主持，是当下最热门的电影，Mike盘算着小Rose看完自己的主持后还正好可以一起看一场浪漫的电影首映礼。于是前一天千叮咛万嘱咐小Rose一定要来呀，小Rose躺在Mike怀里应声答应。

哪知道到了周五，小Rose依旧忙到晚上十点才下班，然后回家倒头就睡——她忙得完全忘记了这件事情。

Mike主持完回到家，看到躺在床上已经睡着的小Rose和散落一地的刚刚吃过的薯片袋子外加卫生间一堆未洗的衣服，心实在是凉到了极点，当天晚上就摔门而去。

小Rose姑娘第二天醒来想起了自己忘记去看Mike主持这件事了，她觉得很抱歉，但是抱歉的同时，她也开始重新思考两个人之间的关系。

自己这次的“忘记”，究竟是单纯的“忘记”，还是因为不太爱？

这段感情里，爱有几分？是不是更多的是基于习惯？

究竟两个人的性格差异和忙碌工作的节奏适不适合发展长期的恋爱关系？

如果以后矛盾时常发生该怎么办？

这段感情还该不该继续下去？

Mike一周都没有回家，他们冷战了一周。

4

我们一群哥们儿听了这个事都劝Mike赶紧分手：“这姑娘并没有真心想和你在一起，而且这生活作息，和不做家务又懒散的性格，真要结婚了那还不得折磨死自己啊。

“小Rose姑娘很美很能干很优秀，但是她不适合你。再说人家条件这么好，选择余地也很大，兴许也就是和你Mike玩玩而已。趁这机会分就分吧，何苦还白白受这种气？”

Mike似乎听了我们的劝，点点头若有所思，我们都以为这段露水情缘从此便会画上句号，Mike即将点击“下一位”。

但是三个月之后，我们收到了Mike发来的婚礼请柬，他和小Rose姑娘要结婚了！

哥们儿都说：“Mike你丫真牛逼，这样的姑娘也被你降服了，还整成老婆了！”

然后一群哥们儿都起哄问他是怎么搞定小Rose姑娘的。

Mike说，那次吵架之后，两个人冷战了很久，小Rose姑娘陷入对两个人关系的思考中，Mike那一周都住在朋友家，没有回家。

直到有一天，Mike实在没衣服换了，便回家拿衣服。

回到家之后他惊呆了，房间被小Rose姑娘收拾得一尘不染，比原来自己收拾得还要妥帖，他都差点认不出这是自己家了。

小Rose姑娘下班回来之后，Mike问：“怎么现在知道收拾屋子了？”

小Rose姑娘说：“就算分手了也该在上一段感情中学会点什

么，不然这场恋爱岂不是白谈了吗？”

Mike说：“你不跟我说抱歉吗？”

小Rose姑娘说：“对不起。”

Mike说：“真知道错了？”

小Rose姑娘说：“嗯。”

Mike撇着个嘴撒着娇说：“我不要抱歉，我要抱抱。”

小Rose姑娘“扑哧”一下笑出声来了，Mike趁机一手把她揽进怀里。

恋爱中谁都会犯错，但如果你还爱他，犯错了之后不要抱歉，伸开双手抱抱你的恋人吧，其实没什么大不了的，只要记得带着你们的爱重新出发。

Mike和小Rose姑娘的婚期定于七月十八日，衷心地祝福他们美满幸福。

现在Mike在我们圈儿里更成了神一般的存在，我们都记住了他的名言：不要抱歉，要抱抱。

找个 能 玩到一起的人 结 婚

某次带着Z去找闺密吃饭，饭后闲着无聊，我们就去了西红门的宜家家居，有那么一会儿闺密在挑选餐具，于是我和Z就在不远处聊天，等闺密把餐具，以及很多周边都逛完并把各种东西放进购物车之后，我们依然在聊天，于是闺密推着购物车嬉笑着走过来说：“你俩怎么会有那么多话说，这么久了还没聊完？！”那时候我们才意识到，原来我们这么能聊！

有人问，该找个什么样的人结婚呢？我想我的回答就是，找个能玩到一起、聊到一起的人结婚。

刚和Z在一起的时候，我们分别住在两个地方，每天各自上下班，晚上回到家第一件事就是开视频，然后一边收拾房间一边视频，那时候我就在想，真好，因为并不是每个人都愿意每天都开视频聊一些无关紧要话题的，可能有些人更乐意打会儿游戏，有些人更乐意逛会儿淘宝，而我们刚巧都更愿意跟对方开着视频聊天。

大多时候我们会聊工作，聊生活，聊对未来的规划，当然有些时候我们也会没什么聊的，这时候我们就会有一个人对着摄像头很夸张地唱歌，不出声的那种，然后另一个来猜对方唱的是什么。就这个看起来无脑又无聊的游戏，也会被我们玩得不亦乐乎，分别在各自的电脑前笑得前仰后合。

后来我们同居了，有人说同居后会产生很多意想不到的矛盾，因为有着两种生活习惯的人住到一起这是避免不了的。而对我们来说，似乎并没有什么过渡期。Z是处女座，我是金牛座，我并不怎么相信星座，但有人说金牛是唯一可以忍得了处女座的星座，后来我发现，其实处女座也很能容忍金牛的任性和蛮横无理。

比如我喜欢乱丢乱放，处女座的Z就会跟着我边收拾边假装嗔怪地说："就不能放回原处吗？"继而会被我一句"你对我不好！"顶回去，然后他会笑着说："好好好，我给你收拾，你随便丢！"

在家里Z更像是一个家庭妇男，比如每天早上他会帮我收拾好一切，把公交卡放在我包的侧兜里，让钱包里总是保持有钱，把工牌放好，手机充好电也放好，然后才放心出门上班。时间久了真的会产生依赖，有那么几天Z去外地团建，我自己在家的那几天早上简直手忙脚乱，不是找不到公交卡，就是找不到充电器。那一刻突然感到，原来我们已经融入了彼此的生活。

有人曾问我，在一起久了，不会觉得没话说吗？共同爱好不多，该如何消磨晚上的时光呢？我和Z也没什么共同爱好，但我们在一起从未闲下来过。比如有段时间我们很喜欢《快乐大本营》上的一个游戏，就是两个人背上贴一个词汇的偏旁部首，然后类似撕名牌的玩法，一边守着自己的偏旁部首不让对方看到组成词汇，一边要努力看到对方的词汇是什么，我们在家里的大床上玩这个游戏又玩了一阵子。

北京很大，我们经常坐很久的车去一个地方，于是在地铁和公交上，我们最常做的事情就是讲故事。每人一句，比如他说山里有个庙，我会说庙里有个和尚，然后接着就会从小时候听来的故事编出都市、悬疑等风格的故事后续，如果你在地铁公交上看到过一对情侣旁若无人地在那里一边讲话一边“哈哈哈”，那很大可能就是我们了！

等餐的时间我们也会这么做，但如果是一家我们很熟悉的餐厅，我们知道上餐速度很快，那我们就玩联想游戏，一个词汇联想另一个词汇，直到菜上齐。比如，祖国——爱心——桃子——毛毛虫——害怕——孩子——妈妈——xixi（我的名字）——最美。天马行空，能联想到的词，都可以讲，当然了，你们会发现，很多时候都会被我歪楼成赞美我自己！这时候我们又会旁若无人地笑作一团。

晚上我们一起看电视，有个云南白药牙膏的广告，一群白色的小人和细菌在扭动着身体作战，每次看到这个广告，我们都会不由自主地扭动着自己的身体去和对方碰撞，然后嘴里说着一些奇怪的自己都听不懂的外星语言，于是电视剧插播广告的空当，也变得有意思起来。

Z很细致，比金牛座还细致。比如家里的垃圾袋他会分为彩色和黑色，黑色较厚，专门用来盛放厨房的垃圾，因为可能有水；彩色较薄，用来盛放其他生活垃圾。

我写字，专心刷网页的时候，Z会看自己的书，偶尔也会打开手机录一段我们的生活。我们不会无所适从，我想我们的相处模式就是，都找到了自己的舒适区。

相处一年后我们觉得彼此都是对方最想要的那个人，于是一个冲动，我们决定领证。决定领证的那天晚上，Z带着穿着随意的我，一路兴奋地跑到五道口，买了一颗钻戒，当时我在想：嗯，就这样嫁了吧！

领证公布后很多人都惊讶无比，每当大家问起，我都统一回答说："因为我俩实在是太合适了，所以不得不这么早结婚。如果问领证前后有什么心态上的变化，应该就是更踏实了吧。吵架不担心分开，出门上班总会记得有个人等你回家。"

我喜欢生活中充满惊喜，于是我们不断去创造惊喜，比如给最喜欢的插画作家投稿，收到会帮我们绘出一套属于我们自己的插画的回复的时候，我们俩都开心得像个孩子！

所以我说，要找个能玩到一起、聊到一起的人，如此，你们就会彼此欣赏，而不是看到的都是对方的缺点。生活中有很多值得做、可以做的事情，开动脑筋，生活可以变得很精彩！

把你忘在了朋友圈

Young汪杨|作品 中央空调暖男作家
@Young汪杨

我妈从来都不是一个社交控，但她为了我，变成了朋友圈里的常客。我时常让她别发朋友圈了，她都点头说好，随后便忘，我也没办法。

而后直到有一天，我真的就这样把她忘在了朋友圈里。

1

我有段时间极度后悔，帮你开了微信，随后又教会你用它阅览精彩万千的世界。而这并不符合你的生活方式，因为你一向都是一名合格的家庭主妇，不与外界纷扰相交，我以为只是教教你就好，由此带来的后果，如同凶猛的野兽扑来，让我没想到。你每天给我发的微信，实在太多。

多到我想屏蔽你。

刚开始，我会一个个打开朋友圈的消息，点开分享的链接，内容丰富多彩，种类五花八门，文字完全无缝地链接起来图片的姿态万千，从生活养生到大好河山再到恋爱蜜语，风格迥异，时而威严郑重时而动如脱兔，继而干脆丢了风格，只言片语的句子，便也成一条链接。从早到晚，来回轰炸，单独地私聊到家庭群中的你争我斗，看谁分享的链接更对口味。

每次登上微信都会有十几条信息飞驰而来，闪在屏幕上，我不想点，逼死强迫症，我迅速地滑过它们，继而关上。

听爸说，你做饭洗衣的间隙，就是拿着手机刷着微信，一刻都不能停，一条接着一条，乐此不疲于此项手力劳动当中，为此你的肩周炎犯了，在夜里，亏得老爸会一两下按摩的绝技，才缓解了你的疼痛，我得知之后，通过电话感觉到吼你的情绪起伏，接着你淡淡地，只是“嗯”了一声。

“别一天到晚，拿着手机不放。”

电话那头没有声音，是一长串的空气撞击话筒声。

“知道了没有，多出去走走。”

还是一阵沉默，接着一阵短暂喘息声。

“你跟小赵阿姨跳跳广场舞也是好。”我又说着，“怎么，感冒了？”

“没事没事，”你赶紧搪塞过去，说道，“工作还、还顺利吗？”

随后我发了个短信给我爸——记得回来带包感冒药，她好像感冒了。

果然起效，你发微信链接的频率减少，朋友圈也开启了正常模式。

上班的间隙，乘公交到出租屋的路上，走在五道口的街口，都会刷朋友圈，时刻用以监视你用微信的次数。那段时间，两小时一条成了你固定的节奏，条条关于健康养生，你也没再给我发稀奇古怪的链接。因此，我长舒了口气。

我依旧吃着公司楼下的盒饭，就着北京城里浓厚的雾霾下咽。

那天是元宵节，你晒出了整桌圆滚滚的汤圆，雪白的一片躺在实木桌上，附上的文字——元宵节来了，一个人在家里包了好多汤圆，邻居都夸包得好。那一整天你就发了这一条，仅此一条。

2

给你申请微信是在我大三的时候，你的板砖诺基亚终于在期待中报废了，连续使用了五年的旧货。

老爸干脆给你换了个三星，开始你拿到直说不好用，还不如你那个诺基亚用着舒服，这么大一个屏幕。你喊我教你用，从熟悉系统自带软件开始，再到微信。

“起个微信名。”

“微信名是什么？”

“就是网名，网上跟别人讲话的一个昵称。”我解释道。

你起了微信名——彩虹。我看了一眼，内心说着，这么土。

“杨杨，这个微信怎么玩啊？”

我一步步地指点着：“看着啊，这边是好友，可以通过通信录的号码，导进来好友。”

你凑近看。

“还有这边是好友圈，可以看到你加的那些好友的动态。”

……

在你学会用微信一个月之后，便是我的噩梦来临。上班都能接到发来的分享链接，吃饭睡觉，包括上厕所，好像你一醒来就只干这件事，而我的时间碎片里，都不知觉地融入你的分享中来，“男人三十而立”“要找什么样子的女朋友”“婆媳关系”之类的，我通通将它们划分到这类来——“一个五十岁女人的干着急”。又比如，“坚持很重要”“怎样克服内心的抑郁情绪”“微笑每一天”，我将它们投入“一个五十岁女人的自我催眠”里面。

有次我发烧去医院挂了几瓶药水，也就三天时间，完全好了，你接连两个星期发来关于健康小能手的链接，从调节膳食结构到睡眠时间调节，再到中国抗生素滥用现状。我没有接你打来的电话，发了条微信过去：“我只是感了个冒发了烧，你能休息会儿吗？”

不知道从什么时候开始，我对微信有了心理阴影，点开那片蔚蓝的月夜之后，总能在脑海中跳跃出，又是几十条的红字提醒，然后刷开朋友圈，如炸弹般蔓延开来的各式链接。

这比那些朋友圈中的微商和代购还可怕，或许他们只是每天用鲜艳的图片占据你刷屏而过的两秒时间，那些链接却深入人的骨髓，让人闭上眼脑袋里都能生动地浮现出图文并茂来。

有时候，你还会发来一些这样的消息：“儿子，你看到我给你发的链接没？”

“还没看？你不是最近上火吗？”

“网上说吃这些好。”

3

终于有一天，我将你拉黑，从朋友圈当中删除了。我想到时候你问起来，我就假装什么都不知道，然后佯装着微信号被盗了，这样便能安稳地度过几天，等你不再问，就行了。

就这样，我将你拉黑的第一分钟，过得忐忑不安，之后半小时、一小时，没有声响和回应，我便安了心，心想你也没发现。而后到晚上时，你打了电话过来，问：

“妈怎么找不到你的微信了？”

“啊，不会吧？”

“是吧，是不是妈妈眼睛花了，再找找，再找找。”

我挂了电话，心里不是滋味，过了二十分钟，回了过去：

“刚才好像是系统错误，我再加你一遍。”我并没有把预先设计好的话——微信号被盗，说出来。

“就说嘛，难怪找不到。”你开心地在电话那头笑，我明显能抓得到那份喜悦。

我不忍心说出实话。朋友圈片刻的平静又恢复了原样。

我们的对话停留在了微信当中，你说上一大长串，我回上一句，就这样，繁杂的链接中才能细心地找到些许的信息对话。

更多的时候，你成了我朋友圈当中的一个公众号，每天勤奋地推送各式各样的资讯，它来自拐弯抹角的小常识，来自搞笑视频的分享，来自健康小贴士，总之，这么一个公众号，每天总闪着光，并没有被合并同类项，却孤独地成一项，落在了我的好友圈里。

我心里想着，就当多了一个微信公众号吧。

4

那次我出差到广州，很少上网，有上网的时候就是跟客户联系，脑子里满是用怎样得体的口气才能让他们满意，所以我并没有注意到朋友圈有什么不一样的地方。

一忙就是一个多星期，回酒店便倒头睡着。到后来，我来到机场，准备离开广州回北京，在机场的休息厅里，我点开了朋友圈，刷了很长很长，直到我察觉到有些异样，我打了电话回去。

接的是我爸，我连忙问道："我妈呢？"

"你妈她睡了。"

我看了看眼前的航班，还没到七点，从广州到北京的。睡得这么早，不像她，一般在深夜十二点都能在朋友圈找到她的身影。而连续一个星期，我也没收到一则精彩万分的微信链接，我开始担心起来。

“妈怎么了？”

“她没事，就是旧病复发了，然后加上胃有点不舒服。”

“怎么不跟我说？”说完这句话，我感觉脸上火辣辣地疼，像被谁刷了好几下。

“她说你忙，就没让我打电话给你。”爸解释道，“别担心，没事，你要忙就去忙吧。”

“好。”我不知道当时自己该说些什么。随后在候机室里埋头痛哭，也许是出差这几天太累，好不容易得来的闲暇。

我很想那个微信公众号能够在此刻给我再推送点链接，哪怕就一条。我又安慰自己，等她休息好了，我一定看完她给我的每条链接，一定看完。

六点的广州，夜幕拉了下来，停机场上来回有着飞机升落，红色的警示灯闪闪发亮，照得整个城市不再黑，微风不知透过哪里，吹进了候机室，我缩了缩手脚。

过了几分钟，广播响起：“广州飞往北京的‘CZ3XXX’航班……”听到航班到达，我拎起了沉重的行李，开始缓缓进入机舱。飞行的三小时我的手机都处于关机状态，没有收到一则微信。

朋友圈安静着，悄无声息。

5

后来你的病好了，我再也没有收到狂轰滥炸的微信链接。

从我爸口中得知，你已经把微信卸载了，我还知道了，那次我删你好友后，你并不是不知道，你跟我爸吵了一架，为的是其他事，却哭的是这件事。

从此之后，你消失在了我的朋友圈里。就像我去广州出差的那一个星期，而如今，我却踏踏实实地感觉到不安，微信跳出来的是客户的聊天框，心中的那块地方，实实在在空缺起来，被挖走。

我打电话给你，问道："最近在干吗呢？"

"哈哈哈，我每天晚上在跟着她们跳舞。"你笑得开心。

我没有说话，眼泪顺着眼眶流出来，砸在地上。

"儿子，最近、最近工作忙吗？"

"不忙不忙，过几天我就回来。"

"工作要紧，也要注意身体。"你说，"回家好，回家好，公司放假了吗？妈妈准备你最爱吃的红烧鸡翅。"

6

我多想，你就这样永远地消失在我的朋友圈里，不因为我成为社交控而引发老毛病。

我爱你。

别嫌弃 来看你的 父 亲

儿子和父亲都在北京打工。

一个在写字楼，有着舒适的环境，却拿着微薄的薪水。一个干着体力活儿，拿着比儿子高点的工资。只是，儿子很少说自己真正的收入，每次问起的时候，就说，还行，四五千呢，实际上每月只有三千五百元，为了体面点，给自个儿涨了点薪水。

北方的麦子要熟了，小时候每到这个季节，一家老少就会在打麦场上忙活半个月。如今，除了母亲和奶奶，家里已经没什么人了，哥哥在北京挖地铁，月薪七八千，不舍得回去，父亲在北京搞绿化，小儿子在北京追求他所谓的梦想，公司不放假。

于是，父亲决定回家收麦，他说，家里不能没人干农活。他的工作没了，下次还可以再找。因为对农民工而言，所谓的工作都是临时的，没社保，没劳动合同，哪里有钱赚，就往哪里去。

北漂的儿子虽然在高楼，有电脑，有空调，但又何尝不是一个苦逼的青年。学历一般，没经验，没特长，在这个城市就是一个虾米，渺小，脆弱，一年内换了四次工作，不是自己不满意，就是被别人嫌弃。但他始终不愿离开北京，像哥哥那样，去干七八千的体力活儿。他觉得，那不是他想要的生活。

父亲决定回家之前来看看儿子。虽然父亲、哥哥和他都在一座城市里，却没机会见上几次。父亲从房山坐公交车用两小时到了西站，他从望京坐地铁去接父亲。远远地，他看到父亲灰尘仆仆的样子，黝黑的皮肤，洗得泛白的夹克，手里提着一个紫色的20世纪90年代款式的行李包，同样破旧而泛白。

那个行李包他很熟悉，在他还是孩子的时候，这包就放在他们家的衣柜上。那是在城里的大伯送给他们的。那时，大伯在机关上班，娶了城里的老婆，经常会把家里不穿的衣服、鞋子等拿给老家的亲戚，虽然是旧的，他却穿着在小伙伴面前炫耀。

那时，伙伴们还没穿过城里人的旅游鞋，没用过城里人的行李包。

鞋子是妈妈做的，书包也是妈妈缝的。

转眼许多年过去了，农村人早已不稀罕县城的东西了，更别说他们用过的东西。年轻人都背上了时尚的行李包去城里上中学。但大伯留下的那个行李包，父亲还继续用着，出门在外，父亲都用它来装东西，不愿买新的。他说："总比背个编织袋像样子。没见过哪个农民工背个漂亮干净的行李包走南闯北的，又不是你们年轻人。"

此刻，在儿子的眼中，这包却与周围的世界格格不入。他很想买个新的行李包给父亲换上，好能体面地走过大街、穿行地铁，不必考虑别人的目光。他知道，是自己太矫情了，他已经长大了，他必须尊重并接受这一切的存在，不能逃避。

他走过去，要接父亲的包："我来吧。"

父亲不让，说："脏，你背着也不好看，我自己就行。"

但儿子还是坚持帮父亲拿，他知道这是作为一个儿子必须做的，尽管难为情，想躲避着周围人的目光。他装作一副自然平静的样子，拿着那格格不入的包，走在大街上。两个不搭调的父子，和他手里不搭调的行李包，偶尔会引来路人的目光，他尽量不去看他们。

儿子想，应该找个地方请父亲吃顿饭。路过西站一条小吃街，他拉父亲去吃饭，父亲说还不饿，火车站的东西贵。但儿子还是执意要去，就像要完成某种仪式，这已经不是贵不贵的问题。

父亲争不过儿子，只好跟着去。

儿子说："去这家吧。"

父亲说："环境太好，恐怕太贵。"

儿子又走向另一家，里面有空调，父亲摇摇头。

路过一家面馆，儿子说："要不这家吧。"父亲还是犹豫，但还是跟着儿子进去了。在农民眼中，面条是最实惠的食物了。但拿到菜单的时候，最便宜的面也得十五元，儿子点了两份凉面，父亲却突然要拉着儿子离开。

"太贵了，哪有这么贵的面。咱们换家。"

老板看着他们，儿子十分难为情，这么走开他觉得很不体面。

儿子说："北京都是这个价格，换一家也一样。"他不让父亲离开。

"你才挣几个钱，这不浪费钱嘛。"父亲有点激动。

老板看着他们，笑着。

父亲说完，突然意识到什么，态度软下来说："好吧。"

老板问："还点菜和饮料吗？"

儿子拿菜单要点，父亲按住说："吃面就行了。"

说实话，面真的不好吃，太咸了，又没有水。但钱已经花了，两个人都默默吃完。

吃饭的时候，父亲看着儿子的衣服说："你这件衣服不好看，既然在写字楼上班，应该穿得像样一点，就像他们那样。"父亲把目光投向旁边吃饭的年轻人，儿子点点头，心里觉得父亲多虑了。

吃完饭，他们继续往军事博物馆地铁站走去，父亲要自己提包，儿子不让。

进入地铁，儿子把包放在靠门的地方，旁边站满了时尚的女郎，她们看了眼那破旧的包，继续玩手机。在儿子内心深处，他不希望别人认为这是他的包，但现实中他不能，必须与行李包保持亲密的状态。

从三元桥地铁出来，他们又坐公交车去顺义。行李包放在后排的空台上，前面坐着两个年轻的姑娘。行驶中，行李包滑落，开始滴水。原来，包里放着父亲的水杯。女孩表情不悦，瞪了他们一眼。

儿子说了声对不起，父亲则赶紧把包拿起来，抱在手中，小心翼翼，生怕碰到别人。儿子看到父亲的样子，眼睛有点酸。

两个女孩撇撇嘴，没说话，继续玩手机。

路过望京的时候，儿子指着远处的“东亚望京中心”，对父亲说：“我在那里上班。”

父亲赶紧去看，说：“好高啊。”

“第几层？”

“十一层！”

两个女孩也抬起头望去，然后回头看父子俩，目光很奇怪。

父亲笑了，点点头。

公交越走越像乡下，父亲奇怪地说：“怎么住在农村？”

儿子说：“城里房租太贵，这里很便宜。”

进了一个叫铁匠营的村子，父亲说：“这不和咱们家一样哈，一点都不像北京。”

是的，这里和他们村没有任何区别，除了人多，除了属于北京。儿子租的是一间平房，里面十分简陋，墙壁光秃秃的，一张床，一把桌椅，没有衣柜，地面上乱糟糟的，放满了东西。父亲似乎有点失望，说还不如家里好呢，那起码有家的样子。

儿子不知该说什么好，他想告诉父亲，刚毕业的学生都这样，这叫蚁族。但他没说。

父亲待了两天，要走。儿子要去超市买点食物和饮料让父亲带上。父亲说，包里有方便面，不让买。儿子突然想到，父亲还没吃过炒饼，便跑到百米外的大街上买了一份，让父亲带上，父亲没拒绝，然后他们就出门了。

儿子提着父亲的行李包走在大街上，没走多远，行李包的提手就断了，上面也裂开了口。“这包不能再用了。”儿子抱怨，想回家把自己的行李包给父亲换上，却被父亲拉住，说不用，然后就捡起脚下的一根白色的塑料绳子要系上。

儿子站在那里有点生气，觉得很寒碜：“换个包不是很简单吗，何必如此？”

父亲还是固执地说：“没事，我自己拿着就行，你别管了。”

两个人在大街上争执起来，路人看着他们。

当无法说服父亲后，儿子无奈，只好抱起行李包往前走，那根白色的绳子让他很不舒服，于是便扯了下来，却被父亲捡起，放在了口袋里。他就这样抱着父亲的行李包，在别人异样的目光下，挤公交、坐地铁。

也许，他所谓的异样目光，不是来自别人，而是来自他内心深处的自卑感，那些与你擦肩而过的陌生人，并没那么在乎你、注视你，即便有，再下一分钟便会忘记你的模样。他所在乎的是被这个城市的接纳和尊重。

而父亲，同样在乎别人眼中的儿子，而这种在乎，同样想获得尊重。

有一年，父亲去了部队疗养院烧锅炉，到处都是人物，经常受气。

儿子来看他的时候，他十分高兴。在介绍儿子的时候，父亲用和平常不一样的音量说：“我儿子在北京做编辑，在写字楼里，今天放假来看我。”周围的人点点头，开始夸赞他的儿子是个文化人。

儿子却不习惯父亲的介绍，他只是个小小编辑而已，哪是文化人。但听到别人的夸赞，父亲在那一刻感受到了从未有过的荣耀感和尊重，笑得很开心。于是，儿子只能配合父亲，让自己显得高大上一些。

拥 抱

雨可能

不希望

我们总躲着它

请　明辨是非，　　请　恩怨分明

傅首尔|作品 青年作家 资深广告人
@傅首尔

小朋友看电视剧会问一个好笑的问题：妈妈，这个人是好人坏人呀？

最简单的问题最难回答。

随着我们长大，好和坏的界线越来越模糊，有些人无恶不作却满腹苦衷，你知道你该恨他，但恨不起来……

爱情里到底有没有好人坏人？我似乎选择了必输的观点，但是没关系，爱憎分明是我成长的印记，恩恩怨怨淌在我的血液里，我恨一些人犹如我爱一些人一样强烈。

现如今，大家都喜欢劝你“放下”，不管你如何被伤害，拿得起放不下就是你的问题，辜负你的那个潇潇洒洒，没几天跟别人花好月圆，连“坏人”的负担都不必有。

他们觍着脸说：哪有好人坏人啊？我们不过是一个个充满问题的人，把责任都推给“人性的弱点”。

这样真的好吗？

今年过春节小学同学聚会，我一个同学给我带信，说：“你爸爸和我爸爸是好朋友，他经常提到你，想见见你，想认你。”

我愣了一下：我爸爸？

我的继父一直和我生活在一起，两秒后，我反应过来他说的是我亲生父亲，脸一阵发烫。他说了很多他的消息，我知道他现在过得不错，然后平静地对同学说："请你转告他，我并不想认他。"

同学说："为什么呀？这么多年过去了。"

是啊，这么多年过去了，我只见过他两次，他的名声不好，他的样子模糊。没人教过我原谅，时间冲淡了怨恨也磨薄了缘分，而他在我印象里永远是一个坏人。

十岁那年生日的黄昏，他突然敲响我家的门，天快黑了，门是我开的，并没有看清楚陌生男人的脸。

我妈脆生生地问："谁呀？"迎到院子门，突然愣住，颤着声音"呀"一声："你来干什么？"

然后像见鬼一样逃回里屋，隔着防盗门撕心裂肺地喊："赶他走！叫他滚！"

我妈是个温和爱笑的女人，那是我记忆里她唯一一次失态，在她失态的一瞬间我猜到了这个陌生男人是谁。任何困境，我妈都是挡在我前面，只有那一次将我孤零零扔在院子里，自己躲到防盗门后面瑟瑟发抖，是真的瑟瑟发抖……我后来知道，那是常年遭遇家暴的后遗症，即使分开十年，只要他出现，她就缩进被虐打的阴影里，没有光明。

后来，我的继父跑出来粗暴地赶走了我的生父，据说他是来给我过生日的，却连一个蛋糕都没拿。

那天黄昏的场景反复出现在我噩梦里，而他的脸始终躲在阴影里。

别给我灌鸡汤，说那毕竟是你亲生父亲啊。

每当我想到他如何冷酷无情地把我跟我妈赶出家门，我妈如何用一辆旧板车把我和一床破被子一起拉进东门粮站的仓库安家，如何挺着大肚子在高高的米包上灰头土脸地劳动，我如何熬过了孤独寂寞渴望关爱的童年，如何讨要幼儿园同学嘴里的口香糖吃，如何为了跟妈妈睡一夜偷喝洗衣粉，如何形成患得患失完全没有安全感的残缺病态的人格……就觉得天各一方，也没什么不好。

当然了，我从小到大，也曾无数次想到他，想象喊他一声“爸爸”会是什么心情，然而没用，他留给我和我妈的伤害像铜墙铁壁，隔绝了我们的来世今生。

我对他只剩一种感情，感谢他给我生命。而这是基于我妈拼尽全力的奋斗令我有饭吃有书读，令我过上了不错的生活。如果我活得猪狗不如，或许连这点感激都未必有。

我的同学对我说：“他现在生意做得很不错呢。”

我笑笑：“他就是李嘉诚，我也不会认。”

呵呵，我这么爱钱的人说出这句话，真的不容易啊。

我同学问：“你有那么恨你爸爸吗？”

我说：“我不恨他，我妈恨他。”

在他遗弃我的时候，我妈在那样困苦的情况下用宽厚的胸膛保护了我，为了我吃尽了苦头，受尽了委屈。挺身而出的人不应该受到伤害，而一句“对不起”唤不回三十年的时光，也无法将我变回一个阳光、开朗、快乐，懂得依赖和撒娇的姑娘。

我不是由一句“对不起”养大的。

在我的世界里，我妈是好人，我亲爹是坏人，我妈是英雄，我亲爹是狗熊，没有情有可原，也不存在苦衷。

后来，他的女儿，我的另一个亲妹妹在微信上联系我，她是个热情开朗的姑娘，亲热地喊我“姐姐”……她的朋友圈里不定期有我生父的消息，有天晚上她发了一碗热气腾腾牛肉面的照片，文字信息是：“我爹给我长途专车运来的家乡牛肉面，太棒了！世上只有老爹好。”

我不知不觉泪流满面，人与人之间充满机缘巧合，我和他之间缺那一碗牛肉面的缘分……后来妹妹和我聊天，说他如何在她母亲病危时衣不解带地照顾伺候，我终于释怀，我想他最终成了别人眼中的好丈夫好父亲。

他没有杀人放火，只是在年轻不懂事的时候抛妻弃女，哪里谈得上是绝对的坏人呢？

但这并不能改变他在我的印象里，在我妈的印象里，永远是抛妻弃女的“坏人”。

所以，一个人在爱情里恰恰有“好坏”之分。

他对你“坏”，在别人眼里是“好人”又有什么意义？

他对你“好”，在别人眼里是“坏人”又有什么所谓？

我有个同事，苦恋女友六年，两人从大学开始谈恋爱，后来他来合肥工作，女朋友在老家，同事除了吃住花费，剩下的钱全都汇给女友。

去年，他对我们说因为女友怀孕，他们要结婚了。

他欣喜若狂的表情感染了公司每个人，我们都替他高兴，大学同窗终成眷属，听起来像个美好的童话。

然而太美好的故事往往有最惊悚的结局：不久同事无意中发现女朋友和别人的聊天记录，她和一个有妇之夫在一起已经一年，肚子里的孩子也是别人的……狗男女难舍难分爱得要死要活，商量让我同事来做挂名爸爸。

无论这个姑娘自以为她对那个有妇之夫的爱多么伟大多么无私，她都是个心如蛇蝎的坏！女！人！

且不谈背叛！

骗一个爱你的人、每个月给你寄钱的人替你和奸夫养孩子，这是多么冷酷残忍的事？！

这样的人，用一个“坏”字形容过分吗？

每个人都一样，和某些人在一起时，你是坏人，和另一些人在一起时，你又变成好人，身影被时光稀释到最后，只剩下“好”或者“坏”的微薄印象……他会坐在面朝大海的藤椅上怀念你，还是把你赶进心底最幽暗的角落从此不愿意再提？

我们都在别人的故事里坏过，伤害了好人，不必耻于承认，再遇到值得珍惜的人，别任性，要努力做得更好。

我们都在别人的故事里好过，伤得体无完肤，也不必耿耿于怀，坚持一份诚善，总会遇到跟你一样“好”的人。

也不排除有人十恶不赦，让自私、冷漠、欺骗、暴力充斥于每一段爱情，留给别人的永远是伤害和恨。遇到这种人，躲远点就是。

我的观点——爱情里，有好人，有坏人，还有的根本不是人。

这并不是负能量，有种说法是：不擅长原谅的人更自律。不知道你们有没有过类似的体会，如果你是个朝三暮四的人，你特别能设身处地地原谅另一半朝三暮四，因为你根本不相信忠诚这件事的存在。相反，如果你一心一意，在面对背叛时往往特别决绝，往往头也不回，因为你在忠诚这一点上有洁癖，也相信终会遇到那个跟你一样的人。

所以，请明辨是非，请恩怨分明。

认识到爱情里有好人坏人的意义倒不在于揭穿，而在于明鉴。

明辨是非，珍惜好的。

恩怨分明，离开坏的。

有些被爱情蒙蔽的姑娘小伙特擅长自欺欺人，经常在坏人身上寻找蛛丝马迹的好，试图靠容忍延续错误的爱，在此忠告你们千万别相信下面两句鬼话：

我好色滥赌随时家暴但我是个好男人。

我酗酒懒惰虐待你妈但我是个好女人。

相信我，他们是坏人。

变成 过去自己讨厌 的 样 子， 那不叫 成 长

桃啃笙|作品 闺密系暖调写手
@桃啃笙

大一时我们学工部聚餐，当时围坐在长桌边的有三十几个人，大家属不同部门，有些熟悉，但大多数只称得上眼熟，连点头之交都算不上。那时我在部门里资历最浅，在陌生人面前还有些腼腆，不爱说话，有学长特意写信开导我，叫我自信一些，多与别人交流。我默默收下，但知道自己并不是缺乏自信才这样。

每次聚餐总需要那么一两个活跃气氛的，当时肩挑重任的是个学长，高大帅气还是下一届校学生会的主席，在学校里也算是个风云人物。我以为他那么出名的人，是不可能认识我的。可他过来敬酒时，竟然准确地叫出我的名字，受宠若惊！后来我默默观察，当时桌子上的三十个人，除了一个不常值班的网管他叫名字时停顿一下，其他人他都能准确无误地说出名字，而且跟谁都好似十分熟络，不令人尴尬，我的敬佩之情顿起。

我很羡慕那些拥有过目不忘本领的人，但后来我思考，他们不过是在与人交往时更加留心，当时多用心一点，兴许在日后相见时，才能令对方感到贴心与窝心。

过去常拿脸盲症给自己做借口，有时在校园里走，有人忽然从身后跑过来，亲亲热热地打招呼，我这边连忙应答，但眼中的迷茫也一定出卖了自己，因为我连什么时候见过人家都不记得。我知道自己不过是在回避，怕同人深交后受伤，所以连开始都懒得去创造。

同老友见面时，聊起过往，她觉得我同许多年前的性格相比变化太多。那时我颇为骄纵，大有恃宠而骄的架势，待人也浑身尖刺，喜欢的恨不得摘星捧月给人家，讨厌的就如秋风扫落叶毫不留情，性格十分极端。

而如今自己则像是一杯温暾的白开水，握在手心里会温暖但不强烈，凉在那里热度也只会慢慢消退，不会骤降。这是我揣摩许久的状态，不维持感情，只去培养，这是改变后的自我。

改变自我是一个很漫长的过程，拔掉身上的尖刺更是痛苦不堪，因为我觉得自己变得不再像我，失去了属于自己独一无二的特点，开始泯然众人。我也是这时感到孤独，身边的朋友仍有，但会患得患失，因为自己的“复制品”实在太多，因我本身就是一个“老好人”的复制品啊。

他们说：成长就是变成自己过去最讨厌的样子。我特别恐惧这句话，所以强行刹住改变的脚步，我为什么要改变？既然改掉自己身上的缺点就可以了，我为什么要再把自己变成其他人？

经历了几年自以为是的成长，变得在人前言语谦虚谨慎，再无过去壮志凌云的气势，想来有些可悲。因为如今的我也并没有因改变而变得强大，反倒少了底蕴，多了迎合的肤浅。岁月磨灭的本不该是理想与性格，外在的棱角收作内韧，待有朝一日破土新生，才是真正应得的成长啊。

过去害怕失去朋友变得孤独，如今却主动去拥抱孤独。什么都喜欢随缘，不再强求。我称这为成长，说白了不过是更加现实。

天真和幼稚是孩童的专属，成长才是进入社会的必要法则。即使发脾气是因为紧张和在乎，可不懂得的人只会看到你不够世故。我们都想成为永无岛中长不大的彼得潘，却大多成为麻木面孔的普通人。懂得自己的毕竟是少数，更多时间，为了避免受伤，只有“躲避”或“妥协”两个选项。

过去常觉得世界这么大，懂自己的人却那么少。偶尔能遇见那么一两个，就恨不得紧紧握在手中，与对方的交往充满了占有欲与患得患失，换来的结果却总是搞砸收场。

现在却觉得，两个人再亲近，彼此也是独立的个体，关系再好，你还是你，他还是他，怎么也是无法融为一体的。

想清楚这一点，对于治愈依赖感效果奇佳。当你愿意走出之前的画地为牢，会发现世界原来这么大，其实可交者、可游者不要太多。之前封闭，好似在戈壁滩上好不容易找到一棵树，恨不得吊死在上头一辈子。走出封闭，则像是看到森林。

并不是所有人都能像一体机一样，与你的全部兴趣爱好都相同，但正因为他们是不同的个体，在交谈某一个话题时，更能碰撞出独特的火花。

敞开心扉，也是接纳自己。不必对所有人都敞开心扉，因为那是孤独的表现。你只需要发现人群中每个人的闪光点，一个人的火苗可以点亮一个人的黑暗，两个人的交会，会使璀璨更加璀璨。

遇见对的人，会使靠近更加亲近。所以，不要畏惧孤独，也不要怕这世上懂得你的人太少，学着从自己的世界出发，去看看外面的世界。像是孤独星球上的小王子，带着他的善良和勇敢，毅然出发。

变成自己过去讨厌的模样，那不叫成长。找到最适合自己的定位，厚积薄发蜕变成更好的自我，那才叫成长。

不必畏惧其他，总会遇到属于你的精彩。

我的爸爸 老 黄

谷谷|作品 简书作者 不正经写文的伪工科女
@谷谷咕噜咕噜咕噜咕

老黄是我爸，一个四十好几却白了头发，大了肚腩的中年司机。

没啥钱，没啥本事，开了二十几年车，早年捯饬过生意，卖过车，走南闯北游荡过，最后还是回来待在小县城里开着车，每周回家睡一觉给我们做好吃的。

最值得骄傲的莫过于有一位好妻子，也就是我妈，还有一双好儿女，我和我弟。

老黄不良嗜好挺多的，爱抽烟，烟瘾比我年纪还大。我劝过很多次让他少抽点少抽点，他从来不听，只是眯着眼在烟雾里说："开车的有几个不抽烟的？不抽烟提不起精神，你以为你爸这么多年安全驾驶是怎么得来的？"说得人一愣一愣，你抽烟你还有理咯，我噘嘴懒得理。

牌瘾也很大，通常没事干时就是一屁股坐在麻将馆里通宵达旦地搓麻将。赢钱了就回家乐呵呵给我们零花钱，输了就灰溜溜滚床上睡觉。我当年青春叛逆期，一言不合就跑到麻将馆掀桌子和老黄对骂。气鼓鼓的像只奓毛刺猬，我以为他会大手一挥给我一巴掌，然而他只是牵着我回家，转身弯腰给人家麻将馆老板道歉。

"我迟早要炸了你们这臭地方！"

被拽着往回走的我，还不忘恶狠狠地冲着老板娘撂狠话，一副身上背着几斤炸药舍生取义的英勇就义范儿。

很久很久后，久到我都出落成大姑娘不冲动不毛躁，街坊邻居还会拿这事开我玩笑。

所以，从小我就不怎么乐呵老黄。

特别是他从小就喜欢抱我用胡须扎我，把我的气球给扎破后，说好的赔我一个还有买薄荷糖补偿我都没实现，我就决定不能再爱他了。

小时候的不爱就是不给抱，哭，闹，天天吵得无法无天。

老黄更利索，我妈上班，他就直接把我朝街上一放，自个儿打牌去了。我就在大街上玩泥巴，和一群男孩子在小镇里走南闯北，在屋顶上攀爬。

反正老黄不管我，我也不搭理他。

老黄真的不会当爹，别人家的爹对闺女都是捧在手上，花衣服洋娃娃一个劲儿地买，往死里打扮成美美的。老黄带我就像带着小狗小猫一样，放养，哪有泥巴哪有水哪就有我。回家也是拎到水龙头下，衣服都不用脱的一个劲儿地冲一遍，身上衣服上的泥巴草屑什么的全部都冲洗干净了。

末了还站在天井里大笑，问我今天都去哪里水库玩了。

老黄尽管对我的生活关心并不多，可是对我的学习却是狠打狠地抓得紧。小学我就得每天抱着个小算盘去老师家学珠心算，回到家后被关在小房里对着墙壁上的声母表背。好在小时候聪明，一学就会，成绩也是班上前几名。

后来因为学珠心算导致语文成绩实在差了太多，老黄又让我退了珠心算，晚上搬个小板凳坐在饭桌前指导我默写生字词。

不知道是因为那段时间的狠抓，还是因为放弃珠心算的生活开始更偏向于看书。小学五年级我的语文成绩竟然空前变得好起来，就连想象力还有作文水平都是班上数一数二。还在某著名小学读物上发表了文章，得到了人生第一笔稿费。

我与文字结缘，就来自于此。而老黄，在我整个成长阶段兴趣爱好里面最支持的就是这一项。

初中时，老黄出事了。

一直都以老司机著称的他，开车这么久来从没出过事，这次却直接从马路边上开到了路边坡下，整辆车倒扣，他困在驾驶座右腿被挤压动弹不得。

去处理事故的人从上午十一点一直忙活到下午五点才把老黄从车底下弄出来，我妈趴在坡上边哭边说谢谢地赶过去扶着他，我带着年幼的弟弟站在远处触目惊心没了表情。

那一周老黄瘦了十几斤。

本来一百六十多斤的大胖子，活生生地瘦到了一百四十多斤。

腰围都明显小了一圈，脸更是老了十岁。我那个时候处于叛逆期，整天在学校和同学吵架，回家赌气不说话和我妈对着干。

老黄无奈地看着两个都爱的人互相伤害，想管教我却没有十足的底气，想好言劝我却发现我冷漠到蔑视一切。

我那个时候是很讨人厌的年纪，成绩差，不听话，动不动就爹毛，在家里剪掉所有和我妈的合影，在墙壁上写着许多恶毒诅咒的话语，全世界的人都不愿意靠近我。哪怕是我妈，都整日整日不和我多说一句话。

可是老黄一瘸一瘸走进我房间，坐在我床铺上慢慢和我说话时，我那不可一世的眼睛里一遍一遍滚动着热泪，默默坐在书桌前掉眼泪，用背影用沉默回应着老黄的话语。

他告诉我说，他曾经也不懂事过，被大伯伯送去当兵，他赌气暴走几十公里。在部队里被老兵欺负时没掉眼泪，上战场打仗受伤时没哭，却很没骨气地在收到我奶奶写给他的一封信时哭得稀里哗啦。那个时候奶奶家多穷啊，几双儿女全靠她一介妇女怎么养得活？其他人都在家饿得吃一碗又一碗的红薯渣，送他出来当兵至少饿不死呀。

“你妈骂你不是觉得你讨厌，她每次说你之后回房里都会哭，你去上学后她默默帮你收拾房间看到那些话，还有照片，一天一天地流眼泪。为人父母的，哪里会嫌子女？你再怎样都是我们的女儿不是？老爸相信你。”

其实他不知道，他闺女当时多感谢他说的那句相信，才让一个曾经对自我如此否定的小孩，慢慢成为现如今这般坚强、勇敢的女孩。

可是老黄温情也有，暴躁脾气也不少。

初三快中考时，我成绩仍旧不稳定，纠结着上重点高中这样不确定性太大而左右摇摆要不要去上个普通高中时，饭桌上的老黄直接摔筷子冲我吼：

“你以为上个好高中我们开销不大？！你以为你去那种免学费的普通高中我们不会轻松多少？！可是，读书是你自己的事啊，你爸已经只能在底层打拼，你还想这样？！好高中更有压力，可是师资力量更强，你的眼界会更远。你不要惦记这几个小钱，你以为你能省多少？我们是砸锅卖铁都会送你去读好高中好大学的，首先你自己不能放弃！你放心大胆地去考，我相信我闺女！”

当时我被吓得一愣一愣，眼泪鼻涕横流。我妈都怕影响我成绩，而怒吼我爸。可事实证明，老黄的信任是正确的。

就连高考都如此。

这么多年，我一直没有告诉老黄当年我高考写的作文是关于他，写到最后自己都趴在桌上掉眼泪。

那年湖南卷是“一双手”的开放作文，我写老黄的手长满老茧，会开车，也会修理各种家具，做各种好吃的菜，还会弯腰替他闺女剪脚指甲。

我的脚指甲遗传老黄，指甲长到肉里，一定时间就得剪掉，不然会化脓肿起来特别严重。高三那年我一个月才回一次家，忙碌到洗衣服都没时间，更别说花时间细细地挑脚指甲，耐心地剪掉拔出来。所以等我回家的时候，一双脚已经肿到鞋都穿不进去。

老黄看到后直接打了一盆水过来，弯腰在我面前让我泡脚。那一瞬间，我突然有点不知所措。这场景好像回到我很小很小时他帮我洗澡，给我打水。当年那个还青着头发，眉眼里帅气的爸爸已经变成身材臃肿的老黄。而这么多年我从没给他打过一盆洗脚水，当时感动得有点想哭。

把脚放在他腿上，他小心掰动帮我挑出那长到肉里的指甲，然后剪掉。给我挤掉脓水时，温柔得一点都不像暴躁凶人的老大叔。

有一点点又爱上了这个老男人的感觉，觉得老黄在，一切就会好。

我和老黄的关系时远时近，上大学后更是如此。许久许久都可以不打电话，而一旦打电话过去，老黄就会戏谑地说是不是又没钱了，他不知道这样开门见山让他家闺女很没面子吗？

回家时见面也是父女俩边吃饭边聊人生，老黄很时髦地学上网，完全不用我教无师自通。和我聊起时事要闻来有理有据的，问他一些专业问题也能答得我一愣一愣的。我有时都觉得要是我弟再长大点，估计他俩就能凑一块儿边嗑瓜子边看篮球赛边杠上。

近期一直在忙着找实习单位，因为不想以后从事自己所学的专业，所以无比头痛地在弄转行。我妈一窍不通，只是有点担心地问我："不找自己专业的工作，大学不白读了吗？"

老黄很果断，只是一句："你想你就去闯，闯出去了就赢了，没闯出去还有我们。"

他没提他已经四十好几，还在强打精神开着货车。

当时我感动得一塌糊涂给老黄微信发了一个痛哭流涕的表情，老黄直接高冷地回："哭啥哭。"

后来投简历，面试，折磨得不成人形。在微信里给老黄抱怨，说公司好的岗位不适合，遇到岗位合适的呢又太压榨。老黄直接撂话说："别去，要去你最想去的，犹豫的都不行。"

我可怜巴巴地问："那要是以后遇不到比这更适合的岗位呢？"

"别急，会有的，我相信我闺女，老爸不会骗你。"

一语中的，直接就拒绝了那几家公司。

这段时间一直很无助，一个人没有方向地问学长学姐，坐很久很久的公交和天气做斗争辗转面试，折磨得回到学校话都不愿多说。可是，一想到老黄说的，他相信我，整个人就觉得身上有个地方在发光，源源不断地供给能量与动力。

从小到大，认识我的人都会问我说为什么你这么自信，对未知的事情从来不惧怕？

我想，大概是因为有老黄在，知道这个世界上有个人无条件相信我，那我还有什么事干不好呢？

老黄，尽管你的性格并不讨喜，未来我想嫁的老公也一定不要是你这样的。可是，你要知道你闺女很爱很爱你，她可能嘴上不说行动不表达，可是心一定是最真切最感激也最喜欢你的。

所以，我爱你老爸，父亲节快乐。

你的父母已经做到了最好，如同你我一样

小花|作品 简书作者 80后半老文艺女青年 犀利暖姐
@小花读财

1

刚开始接触一些心理学知识的时候，我了解了一些父母（家庭）对孩子生活的影响的例子。

我开始看到父母投射在自己身上的影子，美好的或者邪恶的。我看到了以前从未注意过的、他们隐藏得很好的懦弱和阴暗面，我明白自己的自私、虚荣和容易暴怒从何而来。我深深为此而愤怒和不甘。

我忍不住想：如果他们能更懂得一些教育，我不会考到那么差劲的学校，对学习丧失了热情。

如果他们能懂得理财和积累，家里不会如此窘困，我也会有不同层次的开阔的视野，更多的选择空间。

如果母亲当时没有不顾家人反对，和父亲在一起，她大概会拥有更加美好富足和安定的生活，于我也是吧。

2

我忍不住站在所谓的道德制高点，在心里指责他们，时不时地面露轻蔑之色，觉得自己懂得很多，超越了他们。

我觉得他们粗暴、无聊，不懂得生活情趣，不够努力跟上时代。

那时候妈妈群对于父母和公公婆婆的抱怨声也是非常之多，他们口中的父母，更加无下限，更加愚昧，更加简单粗暴，动辄重男轻女，施以拳打脚踢。这令我顿时平衡许多，觉得自己父母还是不错的。

在孩子幼小的时候，我体力充沛，心情愉快，又有人帮忙带孩子，一时间非常得意，觉得自己是天下无敌好妈妈，勤快聪明无敌耐心无敌爱。

我觉得自己可以是一辈子的好妈妈，完美女人。

直到抑郁把我击倒，我才知道，追求完美，其实并不一定是好事，对能力并不完美的我来说，“想要当完美的妈妈”的念头，是慢性的剧毒，不费一丝力气，就能把我拖垮崩溃。

3

后来我才明白，人是不完美的，妈妈一样也是不完美的，我和正常人一样，会哭会累会沮丧会厌烦会不想带孩子甚至不想看他一眼。

我要允许这些情绪的存在，如果我想健康地生存下去，我就必须学会与负面情绪和平共处，客客气气地说：哦你来了啊，坐吧坐吧。而不是看见负面情绪，就避之不及地把它们赶出门，不肯让它们暴露在光天化日之下。

这样，我学会了原谅自己，体谅自己。累了就休息，疲倦了就请老公带带孩子，甚至请老人帮着看一会儿孩子我去跑跑步睡一觉之类。

我不需要做100%完美的母亲，我只要做到及格，就够了，如果能有70分，我就感恩自己牛逼。

真的逼自己做到100分，我大概也成了疯子，做不成妈妈了。何必为难自己。

我已经70%地尽力了，可以放过自己了。

或许在日后，儿子会抱怨我当时不顾他的哭泣而自顾自睡去，那又如何？你妈好困啊，困死了啊。

或许儿子会抱怨我没有帮他做好一些选择，那又如何？你妈就那么笨，尽力了好不好，智商就这么高啊。

4

反过来，看自己的母亲和父亲，他们何尝不是这样呢？

他们生存和打拼的年代，物质匮乏，思想保守僵硬，我们不知道比他们幸福了多少倍。

他们从未抱怨，勤劳地在生活里摸爬滚打，坚强地走着，走着，或许做出一些错误的选择，但是谁没有过无心之过呢？你没犯过错误吗？甚至几次三番地在一个问题上跌倒？

他们养育我们，辛苦一生，即使方式落后，思想保守，也好好地将我们从一个个只会哭的婴儿，养育成能独立思考，甚至会大声对抗他们的青年。

他们也曾是别人手心里的宝贝啊，正如我们是他们一辈子的宝贝。

他们也会疲惫吧？也会厌倦吧？也会对生活失望吧？也会沮丧甚至放弃过吧？他们也曾对着漫漫长夜，无法入眠。他们也曾有梦想和渴望，但终究大多胎死腹中，一辈子难以实现，被现实遗忘于脑后。

他们也试图竭尽全力地，以他们的方式爱着我们。

他们对我们寄予厚望，对我们失望，如同他们对待自己。

他们也会怅然若失吧？当他们终于承认，自己的孩子，终究平凡无奇，和他们自己一样。

他们也会看清和承认，自己错了，错了很多次，甚至一直陷于错误的泥潭无法自拔。

我们兜兜转转，以自以为美妙高超的技巧行走天下，信心满满地觉得能打下一片天地，以为无所不能，战无不利。

而或许我们慢慢才会承认，自己的局限性、愚蠢、虚荣，其实和父母并无区别。

我们都不够完美。

我们都已经尽力。在每一个当下，在每一个空间，在每一个瞬间。

隔着漫漫时空，你能否理解自己的父母，如同洞悉了自己的命运？

跨越过那么多无法磨灭的伤害和怨恨，你是否原谅了自己的父母，如同原谅了自己？

写在结尾，请允许我引用一个网友给我的留言，我看到泪流满面：

当我的母亲活着的时候，我也有很多的怨怼、些许的轻蔑和“我肯定要和你不一样”的誓言。到她去世后，她也经常侵入我的梦，对我的生活横加干涉和指责。很多年过去了，她渐渐远去，我才发现，我的很多想法、姿态，甚至语气，和她一模一样。不管我是否承认，我的的确确是用某种不自知的方式完成着对她的继承和尊重。再过很多年后，以前的种种通通模糊了，直到我时不时地会听到有人说，你和你妈一模一样啊，我就知道，我们早已和好，早已融合，一如我在她腹中之时。

每一代新人都是践踏着老人的规则成长起来的，践踏着，并且不自觉地践行着。直到有一天，新人变成了老人，才会想起自己的上一辈，才会心灵柔软，只是彼时多半和父母阴阳相隔。会感慨，会哭泣，既为自己的轻狂，也为父母的不易。更多的，是为人类殊途同归的宿命。

少女情怀 总 是 吃

袁小球|作品 捡拾人间琐碎的温暖系作者
@袁小球Shirley

假日的时候手机忽响，打开微信，却见若干张烤肉的图片。肉色鲜嫩，品种丰富，香浓的味道似乎隔着千万里的距离都可以闻到。朋友发过来若干坏笑的表情，我吃着你看着之意让我深深感到了这个社会的恶意。数轮轰炸之下，方知她竟然一个人去吃了烤肉。

朋友是一个极为有趣的姑娘，毫不夸张地说就是一个满脑子装了美食的哲学家。人家说婚姻不幸的人可以成为哲学家，她向我们印证了吃货也可以成为哲学家。如果说《奇葩说》中的颜如晶姑娘是用美食来辩论，那么我的这位朋友大概就是用美食来指导人生。很多姑娘的手机相册点开便是满屏幕的自拍，她的手机相册点开却是满屏幕的美食照片。用她的话说，美食和帅哥一样，都是需要慢慢回味的。说这话的时候，她对着我打了一个大大的饱嗝。

“我颤抖着，颤抖着/剥下他青色的衣裳/洁白的身体/染上昏黄的灯光/你问，为何不愿等他长大/绽放诱人的甜腻/我说，此时此刻/再也没有什么更美/在他最美好的年纪，享用他/趁他天真，趁他青涩/趁我还在拥有/趁他还未腐烂/身体，还有心灵。”

她曾深夜里给我发过如此一首小黄诗，看得我热血澎湃。以为这位大龄学姐刚刚潜规则了一枚小鲜肉学弟，终于可以摆脱吃货，找到男友，告别剩女，从此走上人生巅峰。结果，一分钟过后，她将题目发给了我——《深夜吃一只青香蕉有感》。说好的学弟呢？为什么不按照剧本来演？此时此刻的我，内心其实是崩溃的。

我虽然觉得我也很喜欢美食，但和她比起来，实在差得太远。作为一只火锅爱好者，我从内心里感谢呷哺呷哺拯救了单身狗。不然一个人去面对一只大锅，终归还是有点羞涩的，毕竟我还是一只刚刚下架的学姐呀。但朋友却是那种连烤肉都可以一个人去吃的人，边吃还边开心地拍照片给我看。用她的话说，这是一只资深吃货的尊严。

其实我和她相识甚久，久到我们所有的回忆都不断重合。

我第一次见到她的地点是在小学门口的小卖店，这也许就冥冥之中注定了她的人生轨迹。那时候她还是一个长相甜美可爱的小丫头，扎着两只一高一低的羊角辫。我趁着课间偷跑出来买冰棍，她也是。你买冰棍就买冰棍好了，何苦惦记边上的巧克力呢？可见，朋友从小就是一个泛情博爱的吃货，不像我，喜欢牛板筋可以喜欢一辈子。

这世间所有的事情大概都是鱼和熊掌之间的博弈，我看着她一手拿着冰棍，一手拿着巧克力，哪个都舍不得放下。钱是有限的，爱是无限的，人世间最痛苦的事情莫过于此吧。大概是见我爽快地交了钱拿走了冰棍，她想了想，最终忍痛放下了冰棍，然后和我前后脚走出了小卖店。

就在我费了九牛二虎之力终于撕开了冰棍的包装纸准备大口咬

下去的时候，她一把扯住了我，盯着我的眼睛，非常认真地问我：“你要不要吃巧克力？我用一半巧克力和你换一半冰棍怎么样？真的，我的巧克力特别好吃，你看，你看，你多看一眼嘛。”

我这一生之中也许再也不会遇见比这姑娘更厚颜无耻的了，当然，她的建议在当时的我看来，其实还蛮不错的。于是，我们两只小小的吃货便躲在学校的柳树荫下面，分享了巧克力和冰棍。巧克力是最便宜的巧克力，冰棍也是最便宜的冰棍，但当时的美好味道却再也找不回来了。或许回忆就是被美化过的，充满了甜腻腻的感觉，就像那个夏天快要融化了的巧克力和冰棍。

故事不会在此终止，从此，我们在学校的各个角落里分享了各种零食。当然，我们也有囊中羞涩的时候，每每遇到这种情况，她就会给我绘声绘色地描绘出食物的样子以及味道。于是，我们的唾液腺就开始不停地工作工作工作，胃也开始不停地咆哮咆哮咆哮。

有时候相遇就是如此简单的事情，我们不知道为什么会莫名其妙地认识了一个人，然后就一起走了那么久那么久。我们在同一个小学，同一个初中，同一个高中，直到去了不同的城市，不同的大学。告别了那些分享零食的日子，我知道，她在新的城市将继续吃出一片新的天空。哦，其实这本该是个关于离别的忧伤的故事，大概是她拿错了剧本，进错了片场。

不光人会孤独，我也会

自　　由

在那个本该谈论爱情的年纪里，我们却花费了太多的时间去谈论美食，以至于我深深地认识到，这个世界的爱情除了同性恋、异性恋、双性恋，必定还有食物恋。那些因为自己电脑里有几百部爱情动作片就傲娇的男生，一定是没有见过这位姑娘的电脑，什么《舌尖上的中国》《小森林》《寿司之神》《深夜食堂》《孤独的美食家》《南极料理人》《一人食》《中华小当家》……她说，如果爱情动作片是为了让男人分泌肾上腺素，那么美食片就是为了让我分泌唾液。既然观看效果都是面红耳赤、心跳加快，那么，看什么又有何区别？美食才是最好的春药。

不怕吃货能吃，就怕吃货有文化。对一个理想主义吃货来说，在这个世界上没有什么是吃解决不了的事情，如果有，那就吃两顿。所以，后来即使我们不在一个城市，也经常一起出去玩耍。为了表达对我的真爱，我们除了早中晚还要再加上一顿夜宵。用她的话说，去一个地方还有什么比吃不完当地的美食更忧伤的事情呢。曾经我也抱着不服气的心理，拍了一堆宿舍的零食照片给她看，结果，分分钟被她接下来给我发的一大串照片秒成渣。从此，我再也不敢质疑她对食物的真爱。当时的我还是太年轻啊。

我看着她越来越独立，越来越自由；看着她用美食解决了开心的、不开心的事情；看着她用一颗热爱生活的赤子之心不断学会分享、学会忍让。昔日那个扎着两只一高一低羊角辫的小姑娘已经长大，感谢生活给了她懂得珍惜的心灵以及发现美好的眼睛。我可以清晨吵闹她起床，可以深夜对着她流泪，我知道，无论我何时回头，她一直都在身后陪着我。我喜欢听见她用抑扬顿挫的语气和我描述某种好吃的食物，我喜欢看见她深夜给我发过来的种种诱人的美食照片。这样的她让我安心，因为我知道没有什么可以将她击垮。

直到某一天，她的照片中除了美食，还出现了她自己，我知道，有个人出现了。你拍美食，我来拍你，这样的幸福是可以透过照片流淌出来的。他说："我喜欢看她认真吃东西的样子，那种感觉让我安心，她让我知道生命中还有很多值得留恋的美好。"他深情地说着，她认真地吃着。听他说完，她想了想，摘下吃酱骨时候戴上的塑料手套，用油腻腻的嘴狠狠地亲了他一下，就像她曾经多次亲吻餐桌上的猪蹄。同样的深情。

我喜欢能让我感到生活美好的人，友情如此，爱情亦是如此。维持一段感情其实是很难的，无论是友情，还是爱情。也许我们当初确实因为吃结缘，但几十年走下去，远不是多少美食可以维持下去的。我想，她之所以吸引我，就是因为她永远那么阳光的态度吧。生活从来不是一件简单快乐的事情，但她总是能让我感受到我可以坚持走下去，哪怕是为了明天中午吃什么。

有人说"少女情怀总是诗"，她却道"少女情怀总是吃"才对。是诗也好，是吃也罢。你有你的“诗与远方”，她有她的“吃与远方”。生活的千百万种样子，做真实的自己就好。喜欢你的人自然可以懂你，不喜欢你的人也不需要在意。美食、书籍、电影、手工、摄影、园艺、茶道、旅行……其实并没有什么本质的区别。生活，总是需要有一种支撑我们走下去的力量。难过有时，痛苦有时，我们无法做到永远快乐，却可以做到永远心怀期待。

她说，生活不只是眼前的苟且，还有吃与远方。

她说，远方暂且不提，先把锅里的玉米给我捞出一穗尝尝。

记一个叫小林的妹子

云庚|作品 青年编剧
@云庚-

我刚认识小林的时候在学做菜，她做的红烧肉香气扑鼻肥而不腻，朋友聚会被带去蹭一次之后当场就“扑通”一声跪倒在她的围裙下，每个月坐一小时地铁去她在中关村附近的家找她蹭饭给她打下手，很快学会了红烧肉的秘籍（大量蒜末！），后来她尝过一回，说学到了百分之八十，从此我们成为朋友。

小林比我小两岁，也是个编剧，偶尔一起看对方写的电视剧。抗日剧里的奇葩情节经常出自她——只求最雷，借其出位。她做得不错，抗日剧流派里留下了她的名字，找她写戏的人络绎不绝。那时候她还不叫小林，片尾字幕端端正正地打着名字，中间没有一个“林”。

小林这个名字由来是大叔。大叔是小林一部抗日剧的执行制片，最喜欢在我们群情激愤咒骂某个制片或者导演的时候说“林子大了什么鸟儿都有，都不是事儿，你们冷静一点”。有一次我们坐在客厅聊天，大叔又说起来，小林从厕所出来甩着冻得通红的手说：“什么林子这么大啊？我就叫小林子了！”我们还没开始嘲讽，大叔就握着她的手说：“这么冷啊，小林子！”后来听起来太像个太监名，就简称成了小林。

去年初冬的时候小林和大叔一起去雍和宫那边的广电总局给电视剧备案，拉着大叔到附近的后海溜达，执意要去踩后海刚刚结成的一层冰，小林翻过石头栏杆一脚就把刚刚结成的薄冰踹了个窟窿。

大叔屁滚尿流地把小林拉回来，坐在长椅上小林觉得有点儿尴尬和不好意思，拉起湿乎乎的衣袖，露出年少无知时候烫的一个烟疤，说："制片啊你看，知道我为什么抗日戏写得好吗？弹痕！光荣的痕迹！"没想到大叔嘿嘿一笑拉开自己的衬衫袖子，露出左手臂上密密麻麻七八个黑色的烟疤，说："什么弹痕啊？我教你，烫完之后等着刚愈合，撕开再烫一遍，烟疤颜色就深了。"

人模狗样西装革履的大叔居然也曾经是个不羁少年，小林当即佩服得五体投地："制片，从今天起你就是我亲大哥！"

大叔没当成她亲大哥，当了她男朋友。

做菜的手艺在小林和大叔交往之前，还仅是存在小林口头上的一句空话，两人同居之后小林就从"我三岁开始煮方便面"落到了实处，一人做饭一人洗碗，养活了我们一批好吃懒做的人，时称"抗日双侠"。那段日子小林过得很快活，从编剧的巴西时差倒回到中国，朝九晚五地写作，做卫生，逛街，睡觉，和大叔当着我们的面满不在乎地说情话："要和你在一起一辈子。"大叔说："那当然。"

一辈子的话，是要见大叔的爸妈的。小林跟我逛了一整天的大悦城，买了一套"鹌鹑式"的乖乖女装备，还借用剧组的染发喷雾把头发染回了黑色，跟着大叔回了大叔在香山的家。

晚上十点多我正在洗澡的时候接到了小林电话，嗓门儿奇大，说："操，服了！"我一个哆嗦，说："你在哪儿？我找你去。"

见到小林的第一秒，她就把手直直伸到我面前，说："你有没有眼力见儿啊，怎么不提醒我？"我端详了半晌她的手，没发现什么异常，心惊胆战地问："是指甲油的事儿吗？"小林收回手自己看了一会儿红色的指甲油和上头骷髅、铆钉、十字架的装饰，郁闷地说："我没想到他妈是个佛教徒。"

"这点儿小事不至于吧？"

"心机太深了！让我伸手过去看看，他妈捧着我的手放在眼皮子底下瞅了半天，鼻子抽了两下，表情巨淡然，说小姑娘，抽烟不好啊。闻老子手上的烟味儿呢！"

"……我操。"

之后我在外地跟组拍戏三个月没怎么回北京，断断续续听说小林的许多挣扎、大叔的许多抚慰，但是都没有解决的方法。林子大了，多少事都会出现。什么大叔的前女友从国外回来，大叔做黄了个项目急需帮助，前女友又是个痴心不改富二代之类的情节，我在剧本里可以想到的一切机缘，都在一页一页的日子里发生着。

再听说的时候大叔已经把望京的房子重装了一遍准备结婚了，对象当然不是小林。

但是不管如何，朋友装修还是得去探望的。刚到了半小时小林打来电话说也要来给暖暖房热闹热闹，齐超犹豫了半天，大叔挺爽快，说：“行，让她来吧，挺久不见了。”

小林还是那样小小的、酷酷的，穿了件硕大无朋的卫衣，两条鹧鸪腿儿支棱晃荡着踹着大叔家的防盗门。

“小婊贝儿，开门！”

小林拎着保温壶，笑嘻嘻地进来，说你们尝尝我的手艺。大叔打开一看是油条烧牛肉还有些杂七杂八的彩椒，说：“嚯，林子大了什么鸟儿都有啊。”

小林说：“去你的，爱吃吃不吃滚。”

当然吃，特别好吃，一扫而光。

……我猜的，我没吃着。大叔抱着保温壶坐在沙发上用一双油炸用的长筷子吭哧吭哧全部解决了，一口米饭都没配。

小林笑嘻嘻地蹲在刚刮完大白的墙边，指着一滴刚刚干的油漆伸出她刷了黑色指甲油上头贴满小星星图案的手轻轻一戳，在墙上掐出了个小小的月牙形的指甲印儿。

大叔放下筷子说：“哎哎哎，你别乱来。”

齐超蹲在小林身边讲以前有个宠妃在铸造的样币上掐出了个指甲印儿皇上就按照那样子全天下发行带月牙印的铜板的故事，完全没注意到气氛不对。

我说：“算了算了，小林咱逛街去吧。”

小林说：“你有毛病啊？！”

大叔的脸色像便秘了三十多天一样难看，所以那句话应该不是对我说的。

小林又说：“你林子真他妈还挺大的啊？！”

大叔默不作声，进厨房刷干净保温壶递给小林。

小林说：“操，服了。那我走了。”

在剧本里，此时应该是大叔冲上前紧紧搂住小林，小林痛哭出声，说：“我只想和你在一起。我很会写剧本，我会赚很多钱，我会涂那婊子涂的粉色指甲油，我做的菜比她他妈做出来的好吃一百多万倍，你别娶她了，你娶我吧。”大叔应该不断地重复说：“好的，我娶你，对不起我错了，我爱你。”

但小林说完“那我走了”之后真的摔门就走，大叔一步不动，坐在沙发上稳如泰山，说：“她比较年轻，有点冲动，抱歉啊。要么你看看她去。”

我下楼没怎么花工夫就找到了噼里啪啦对着电话咆哮的小林。

小林说：“什么不行？为什么要改题材？抗日怎么了？没什么不爱看的！我爸妈我姥姥姥爷都爱看，那种文绉绉的戏我写不来，我就能写点儿徒手撕鬼子，您找别人吧！”

我抢过电话说：“接接接，这戏她写，您别生气！”

小林说：“他房子八十多平方米，一个月牙印儿都容不下，真他妈完美！”

我扣了她的电话，说：“别矫情了，走吧。”

小林问：“凭什么啊？”我一时语塞，也答不上来。因为他妈不喜欢你？因为他觉得还是另外一个人更宜室宜家？因为咱们都太年轻了，头破血流的样子虽然又帅又潇洒，但是在别人眼里就是路过工地时候看见一块砖从高空砸在地上粉身碎骨扬起一片灰尘，心想还好没有人受伤，一边快步离开，而你就是那块砖？

没有为什么啊，你写过那么多爱恨痴缠、生离死别，而大叔只是那一小阵的灰尘，纵使在心中千军万马山崩地裂，也迟早有尘埃落定万事随风的一天。

况且只要时间还在向前隆隆翻滚，你就不会神形俱灭。

大理三千户，户户栽花

陆小寒|作品 资深撰稿人 电影行业工作者 花店小老板
@陆小寒Anna

1

女孩们，我们来讲讲工作的事。我经历良多，也感触颇多。窗外是今年第一个让人感受到春意的黄昏，天光一点点暗下来，暖意一点点漫上来，令我想起小学葡萄藤下的作业和高中女生宿舍里偷偷喝的啤酒。我有很多话想和你们说。

2

我的第一份工作在上海。北上广都是很神奇的城市，会让你觉得你在这里无所不能，也会让你觉得自己渺小得不值得被看见。我在年轻的时候，也是最贫穷的时候，野心勃勃地来到了一座希望之城。

那个时候我大学刚毕业，应聘到一家世界五百强的外企做财务，通过三个月的考核期才可成功转正。实习期工资每天一百元，没有任何津贴。还好有父母资助，让我在上海能暂时蜗居。我记得那天送他们走的时候，也是白日将近，我一个人坐在擦得干净发白的旧地板上，望着空落落的窗户、阳台，忽然心里感到害怕。这是我第一次真正意义上在别的地方过夜，没有父母，没有舍友，没有恋人。我打开了音乐，安安静静地听完一首歌，天就完全黑透了。我从包里拿出一罐啤酒，一个人一点点慢慢地喝完，是庆祝，也是安慰，不要怕，要勇敢。最后，我满面烧红地站起来，对着房间的四壁做了一个胜利的姿势，我得在上海做出点什么。

那家公司有很多法国人，文件基本见不到中文字，女上司Jessica严厉至可怕，以至于我总是恍听到她喊我的英文名字，如惊弓之鸟。第一次出岔子是按掉了闹钟睡过头，火急火燎地赶到办公室的时候部门人全在会议室，我窘迫地站在门口，竟然笨得喊了一声“报告”。虽然大家都笑了，但我不会忘记Jessica的那记眼神，很难去描述它。那之后的每天清晨就会自然醒来，透过窗帘的缝隙，看着灰蒙蒙的天色，知道时间还没有到，却再也不敢睡着。

当然也有一些志气高涨的时刻，比如学会怎么报税，第一次去当出纳，第一次赢得Jessica的表扬，那一些时刻，让我很想留在上海，在这个城市，用我的努力和我的欲望拼一拼。我甚至买了一套教材，下了班以后偷偷学起上海话。周末的时候去菜市场，跟在老阿姨身后，她们买什么菜，我跟着买，听她们一口糯米鸡般酥软的上海话，真好，真好。

然而随着时间过去，工作上的困难如暗礁渐渐显露，最后我还是放弃了那份工作，因为内心的孤独。在那里的三个月，我的心已经干涸成了一块荒地。长久的不安、忧虑、缺乏沟通令我整个人非常紧绷。提出辞职的那天像往常一样，在档案室整理几千份发票凭证。那里非常闷热，有积年的灰尘，我找着找着，突然就喘不上气。我想起自己刚来这里，回家的时候天太黑会迷路；周末没有朋友见，只能趴在阳台上听人声；想庆祝的时候也只是独自开心一会儿，在家门口的小吃店里点一碗滚烫的麻辣烫……

之前我总是安慰自己，人就是这样成长的，被撕掉一些东西，被锻炼出一些东西，要物竞天择，要长出生活的盔甲。可是突然，就在那一刻，我想走了，想回我的家乡，想吃热热的饭菜，想有人说话，有人一起看电视。

然后我就走了。

3

关于第二份工作，其实是第二种生活了，有时候我们不得不承认，工作决定了生活很大的轮廓。毕业的第二年，我在一家学习机构当补课老师，这就意味着我所有的作息都是和别人不一样的。一份下午两点才开始上班的工作令我非常满意，因为要到晚上九点才下班，突然之间一天就延长了，我好像多出了很多时间。

就是在那个阶段，我培养出了对很多事物的兴趣，比如，语言、书法，还有我后来要提及的花艺。那是一段非常饱满的时光，工作上游刃有余，站在讲台上对着底下几个戴着厚厚眼镜片的孩子讲课的时候，我都有一种被时光击中的感觉，想起一间亮堂堂的教室，一本被各种笔记挤满的课本，两个偷偷恋爱的男女同学同时被叫起来回答问题，全班一起开心地咳嗽。我这一晃神，时间就过去了，该下课了，我恋恋不舍地收起了课本。

孩子们的寒暑假对当时的我是个极大的挑战，全白班，每天讲课超过十二小时，有时甚至要连上几十天的班，整个人像一枚陀螺不停地转，累到极致突然就治好了上海的后遗症，不会无缘无故地心慌或者伤感。所有我心里的脆弱好像一夜之间消失了，我就像一条湿答答的毛巾在严寒的夜里挂了一晚，结成了比冰还坚硬的东西。也是在那个时候，我明白了，工作不单单会伤害我们，有时候它也治愈我们。

遇到从前一样沮丧的时候，不再只是害怕、逃避，而是绑一个很高很高的马尾，走路的时候一甩一甩的，好像有人在身后追赶我一样。生命中的主心骨渐渐回来了，不再不安，不再心慌。没有课的下午，我常常在学校的天台上晒太阳，泡一杯很浓的茶，慢慢喝淡，也就结束了一天。我亲眼看过自己的碎片，亲手给自己上的胶、补的缝，更懂得温柔与抱歉。我仍然知道自己渴望什么，但更了解自己适合什么。有时候上完课上五楼，不期然看到阳光像蜂蜜一样从楼梯的顶端流淌下来，照见外面一个晌晴的冬日，我端着水杯立在原地，喉咙快要烧起来，可我也幸福得好想流泪。

那种一个人把自己从身体到内心都照顾得很好的幸福。这样的生活，我过了三年。二十七岁暑假的时候，我奖励自己一趟远游，在云南待了半个月。在那里，我爱上了一种新的生活。

4

该怎么向你们描述大理呢，我想到了一句话：大理三千户，户户栽花。傍晚去地里买花，踩着泥土，闻着稻花清香，看苍山日落。大理的花和这个地方一样都是家常气质的，雏菊、夜来香、大丽、茶花、素馨。它们适合插在土陶罐里，随随便便摆着。白族人爱花，老阿婆去买菜，也会买一小把鲜花带回家。清晨去古城逛逛，竹筐里、菜蓝里，都是花。

也是在那里，我见到很多不同职业的女性，有美食家，有开客栈的，有人物摄影师，有服装设计师，她们容颜各异，却都非常平和，易于相处，身上都有一种秋收冬藏的气质。在主流社会无法得到认可的价值观在这里有着她们自己的定义，使你整个人都开阔了起来，也许工作并不是一项谋生工具，或者喜欢吃的女孩可以开一家美味的零食店，爱美的姑娘可以天天与衣服和相机打交道。工作，如果变成爱得其所，那又会是什么样呢？

我也犹豫过，害怕变动。但我在大理学到一句话：女性的能量是允许生命流经，穿越自己而表达一切。

旅行结束后，我从大理带回了一袋沙土，盛在花盆里，种进去的多肉植物长大的时候，我终于辞掉了工作，在一片老城区开了一家定制花艺店，取名“安娜的早晨”， 三面白墙，一面很大的玻璃，能把一天的日照留在屋子里很久很久。也因此，我进入了另一种生活，工作大部分是体力活，鲜少用到电脑，鲜少需要在格子间里坐一整天。我日出而作，日落而休，是一个城市里的农民。中午煲一锅汤，晚上一个人小酌，食物的香气、酒香和花香，我从没有这么热爱过自己的生活。

最最重要的是，我看到了很多爱情：有一身干练的精英男士，俯在桌边为一张卡片思索好久；有羞涩的高三男生过来买一盒花送给即将奔赴异地的女朋友，长长的一封信，全是青春的模样；有每个纪念日送花的，有求得原谅的，有表白的……突然我感到花的善意，原来人与人之间的感情如果表达得妥当，会非常动人。花消除了我和陌生人之间的距离，我们在几分钟之内就能成为分享经历、感受的人，帮助别人挽回感情，或是加深感情，我都与有荣焉。

慢慢地，花店里的客人有一些成了我的朋友，我也会在店里备一些咖啡、花茶和小饼干，我们常常能在这里坐一下午，谈论植物、饭菜、生活，这让我感觉到一些不真实，好像在切菜煮饭，为一个家庭贡献全部自己的同时，我在太阳底下，坦然地出走了一会儿。

5

我读到一句话：像蚂蚁一样工作，像蝴蝶一样生活。送给你们，女孩们。

戏痴 贾老师

云庚|作品 青年编剧
@云庚-

我有一个编剧老师，姓贾。

贾老师五十多岁，是唐山人，穿着朴素，普通话不太标准，第一次见到他的人不会想到他是个在业界挺德高望重的编剧——这个圈子很奇怪，你留长发，穿飞行夹克，烟不离手，粗口连篇，大家会认为你是个有想法有资历的家伙，但如果你衣着朴素，细框眼镜，坐姿拘谨，别人会想：噢，估计也就那样吧。

贾老师就是这样一个人，说话声音温和，和他谈及一个想法，他要用手指在桌面上轻轻点几下——如果是难一些的问题，要多点一会儿——然后慢慢说出他的想法。在其他编剧因为某场戏的安排吵得不可开交的时候，他点着桌面，然后说："啊，我觉得……"

因为知道他爱写戏，懂写戏，这样的时候，大家通常都会安静下来听他发言。那些意见多数时候很有见地，当然也有钻牛角尖的时候，但如果有人提出不同的意见，他会一直琢磨，直到想出一个让人无法反驳的解决方案。

贾老师是个戏痴，大家都这么说。

曾经和他一起写过一部历史题材的电视连续剧。住组前两天听说只有我一个人住宾馆，贾老师会每天回家的时候还很疑惑，因为一般写起稿子没日没夜，是没有时间回家的。但也许是贾老师的习惯，我也没有任何立场去质疑。刚开始时很拘谨，毕竟我是个刚毕业没什么作品的新人，而他已经作品累累，光环熠熠。贾老师也不大懂得交情客套，见到我第一面居然是伸手握手，用力摇了两下之后说：“你了解那段历史了吗？”我惴惴不安地说：“查了资料。”他点点头，又摇摇头说：“我这里还有些其他材料，你一并看一下。”

于是我拎着行李箱，坐在酒店大堂里用一下午的时间把贾老师找的资料读了一遍。晚饭时候贾老师带着几页白纸和我一起去了酒店的餐厅，点几样菜之后开始在纸上写写画画，时不时向我提问。某某人物性格你觉得应该是什么样的？某某人是不是该有个亲信背叛了他？我一样一样回答，每个答案句尾都紧跟着“您觉得呢”。贾老师不吝夸奖，也不吝不满，如实告诉我所有想法。

就这样，我与贾老师慢慢熟悉。贾老师的工作时间和一般编剧大相径庭，他早上六点到宾馆和我会合，中午十一点半准时吃饭小憩，下午一点工作到五点半，晚上是自由活动时间——我通常看看电影，贾老师则继续看资料，琢磨剧本，十点钟离开。

十一月时剧本已经基本写完，只剩下零碎的打磨工作。某一天晚饭后，贾老师鲜有地问我晚上去做些什么。我说看个电影，贾老师当即表示要一起去。我们看了一个很无趣的中韩合拍爱情片，电影散场后走在回宾馆的路上，我觉着没个话头，于是问贾老师：“您结婚了吗？”

贾老师愣了愣，说：“结过。”

我“噢”了一声，说：“这事太正常啦，分分合合嘛。”

贾老师从鼻子里发出长长的一声“嗯”，然后说：“今天是我结婚纪念日呢。”

“没想到贾老师还是一情种啊。”

贾老师羞涩地笑了笑，说：“我不是，她不跟我就是因为这。我太喜欢写戏啦，她觉得看得见我又看不见我，受不了，就跟我离了。”

“您没挽回一下？”

“这事很复杂，你还小，不懂。”

我有些不满。有什么不懂的？看了一眼时间已经十点多，晚上也不大会继续工作，于是问贾老师：“想喝点什么吗？”

贾老师说：“我买。”然后，走进旁边的小便利店拎了两瓶二锅头和一瓶可乐。贾老师把可乐递给我，我接过来放在一边，从他手中拿过二锅头开了盖儿。

“干！”

贾老师吓了一跳，连忙问我：“你怎么啦？没关系的，跟贾老师说。”

我那段时间感情不顺，正是无处倾诉，借着酒劲把那点破事儿掰开揉碎地和贾老师反反复复说了一遍，贾老师毫无不耐烦之色，神情柔和地劝说着：“大家都有难处，都不容易。”

我说：“屁，他是傻逼。”

贾老师说：“那你说我是傻逼吗？”

我不说话。

贾老师继续缓缓地说：“我们刚结婚那阵子她一刀切掉了半个指头，我剧本剩下最后几行，听到她求救还硬是打完了字才出的房间，我傻逼吗？后来我儿子成绩不好，学校老师罚他把考卷贴校门上让别人笑话，我老婆让我去理论，我没去，因为我那会儿在做一个剧本的大纲抽不开身，我傻逼吗？不说这些，我老婆想跟我说说话的时候，我老在电脑前待着，我傻逼吗？”

我说：“这……她应该理解您。”

贾老师摇摇头：“我傻逼。一个傻逼是不值得别人真心相待的。何况我知道自己傻逼，让她觉得特别难受、特别失望，我也没想着改过。她走我一句话都不敢说，她就提着她的大箱子，轱辘在砖地上磕着，一拐弯儿，就消失了。”

我问：“您怎么不挽留呢？”

贾老师说：“我能怎么办？写戏的人，让戏里的人过好就得了。”

我说：“您也该让自己喜欢的人过好。”

贾老师听到这儿半天没说话。我意识到说错了话，想赶紧往回找补，但贾老师摇摇手说：“没事儿，我是做得不好。”

我说："以后还有机会呢。"

贾老师听到这里，正举着酒瓶往嘴边送的手停住了。

我有些奇怪，看向贾老师，却没想到他的下巴颤抖了几下，眉毛拧到一块儿，呜呜地哭出了声。

"她生病了，我得照顾她，我欠了她半辈子，该还了。可是我怎么照顾她啊，我放不下剧本，放不下戏……"

什么情况？我不知所措，急急忙忙从包里翻出纸巾递给贾老师。

贾老师接过纸巾擦了擦脸，仰头喝光一瓶牛栏山二锅头，又拿起我的咕嘟咕嘟灌了半瓶，然后说："我从来不喝酒，没想到这么辣。"

喝醉了的贾老师酒品之差，与平日的作风大相径庭。贾老师大声地说着往事，摇摇晃晃地躺到了马路中间，被我生拉硬拽地弄回马路牙子上。

贾老师不成调地唱着军歌，头一低一低，就要睡去。

我从他的上衣口袋里掏出他的手机塞给他，说："贾老师，您看看谁能来接您，要不您再走十分钟，就回宾馆了。"

贾老师点点头拿过手机，使劲搓了搓眼睛，翻开通信录，大拇指在联系人页面上往上一划一划地翻着。忽然，他的手指在屏幕上悬住了，颤抖着在一个名字上空徘徊。半晌，贾老师放弃似的垂下了头，歪歪斜斜地倒在路边睡着了。

我使劲抽出他的手机，看到了那个联系人的名字——索岚。

我拨过去，三声之后接通的是一个声音惺忪的女人。我说：“师母您好，贾老师喝多了搁路边睡了，我不知道他家在哪儿，您能不能来接他一下？”

师母有些惊讶，随即说好的，又细细问了我的地址。半小时之后，师母开着车找到了守着贾老师的我。

我与师母把贾老师推搡进车，师母不住地说着谢谢。我没忍住，问师母：“老师说您生病了？”

师母用手指点了点自己的脑袋，略带歉意地点点头。

那一点一点的动作，像极了贾老师平常想戏时在桌面上敲出的节奏。

师母为贾老师系好安全带，开车消失在夜色中。我酒醒了大半，拎起可乐喝了几口，把酒瓶竖立在垃圾桶旁，也走回了宾馆。

第二天一早六点钟，贾老师又准时敲响我的房门。我困极，又怀着昨夜老师失态替他尴尬，臊眉耷眼地开了门。贾老师抱着一沓资料神情如常，一边说着又有些地方他觉得不对，还要调整，一边走进屋里。

工作了一上午，午饭时候我小心翼翼地问贾老师：“您现在和师母生活在一块儿吗？”

贾老师夹了一筷子芹菜塞进嘴里，点头说：“是啊，她需要照顾。”

我“哦”了一声，没再说话。

贾老师笑了笑，说：“你不要这样嘛，觉得不好意思的应该是我。”

我说：“没有没有。师母长得真好看，特别有气质。”

贾老师说：“别叫师母，你要是提她，叫许阿姨就好了。”

我看着贾老师一头黑灰夹杂的发丝，心想：不知道这是为了戏出了几根白发，还是为了许阿姨出了几根呢？

那部戏结束之后贾老师给我打过几次电话说有其他项目，但因为时间的原因，我与贾老师没有再合作，只是断续听闻他之前的戏上了央视黄金档，又接了几部历史大戏，一路很平顺的样子。

前两天中午，现在项目的制片穿着一身黑西装来剧组，提起贾老师，我才想起与贾老师曾经有过这么一段交往。制片说：“他前妻今天出殡，挺多人去参加了。她原来是一个小演员，一直不温不火，后来也没再演戏。长了神经纤维瘤，带瘤生活了好几年，还是没挺过去。今年还是她本命年。本命年多灾难啊。”

我问：“贾老师去了吗？”

制片摇摇头。

“贾老师在陕西给当地政府写本子呢，抽不开身回来。”

人总是会被归类的。戏痴、情种、无趣者、大咖……标签由生活种种演化，又框限自由，让人沿着一条路义无反顾地奔下去。贾老师是一个离不开写作的老家伙，而师母，则是一个无论如何也按不下去的电话号码。师母对贾老师的情感，也从来不会因为得不到回应与满足而消减。人生就是这么不公平，索取的无法得到，那退一步，你就在那儿，也是好的。

可是你不在了。可惜我在你不在前，没有更好地照顾你。

贾老师的微信头像原本是个色彩斑斓的“戏”字，那一天之后就换成了黑白色。师母的离开像一张沉沉的网，捕走了贾老师的一部分灵魂。

但是他另外一大部分的灵魂，依然在那个“戏”字里。

可惜我竭尽所能，也无法忘怀自己的本心。

可惜我坚定自己的本心之后，依然无法忘怀你。

大龄　初学者

巫小诗|作品 杂志写手 大脑洞森林少女
@巫小诗

大三的暑假，我在北京实习，因为没有什么朋友，所以周末也没有什么事情。

于是突发奇想，报了个班去学钢琴。

报完名之后，在微信上跟最好的朋友讲了这件事，被她笑得不轻："一把年纪了，跟小朋友凑什么热闹？"

"我报的是成人班，没有小朋友。"我回答。

"为什么周末要去上课啊？上了十几年的课还没够吗？周末去玩或者在家歇着也不错啊。"她接着说。

"我觉得吧，把钱和时间花在吃喝玩乐上，不如适当投资一下自己，让自己变得更有趣一些。"

她发了个流汗的表情，说我又开始煲心灵鸡汤了。我自己也被这碗鸡汤噎住，笑了起来，转念想想，我说的好像也没有错嘛。

我身于在一个学霸家庭，奶奶是人民教师，父母都是他们那个年代的尖子生，我家的教育方式很传统，认为唯有读书高，成绩好才是王道，文艺特长什么的，并不重要，至于"唱歌跳舞能让女孩更有气质"这种言论，我妈用一句"腹有诗书气自华"把它盖了过去。所以，孩提时代，当别的小朋友在学乐器学舞蹈的时候，我在家里看书、做题、写作文。

考上大学之后，大家抛开习题，有了丰富的课外生活，各种节日的文艺演出，各种场合的才艺展示。而我，这个同学眼中的文学少女，实在不知道可以上台展示点什么。

有时会脑洞大开，想到自己的未来，自己当了妈妈，有一个满地爬的可爱小孩，他恰巧对文学没有一丁点兴趣，他对我说："妈妈，我觉得你是个很无趣的人噢。"那该有多伤心啊，仅仅为了避免这种伤心，也得做点改变。

渐渐地，我也投入精力去摄影，得到被拍对象的嘉奖甚至酬劳；笨拙地学会了跳华尔兹，能踩准节拍而不是踩准舞伴的脚；自学日语网课，见到日籍学生可以咿咿呀呀讲几句；在台湾当交换生的时候，选修外系的录音课程，并得到5%的全课程排名……

这次，我以二十出头的高龄开始了我的初学钢琴之路，原来我笨拙的双手，也能让那个神秘的大木头盒子发出音响。因为害羞，又怕太笨被骂，选择了四人班，现在已经上了三次课，感觉良好，说不上已经入门，至少摸到了门把手。被问什么时候考级，我也没有打算，学会弹琴自己心里知道，有没有证，无所谓啊。

练琴的过程中，也结识了新朋友，我旁边坐的是一位年轻的全职太太，有着跟她年龄不符的天真，我喜欢跟她聊天，我说全职太太排在我人生理想职业的前五，她笑了，告诉我，让我珍惜余下来的一年学生生涯，因为学生排在她理想职业的第一，可惜再也回不去了。

这个夏天，我还学会了游泳，我是鼓起多大勇气，才好意思跟一群坐着小鸭子的小朋友一起混迹浅水区啊，像一个傻大个儿。北京是座没有人认识我的城市，我穿着泳衣的并不瘦条的身材不怕撞见熟人，我的笨拙也不用担心被人发现，陌生的环境，人反倒对周围多了一丝信任。

我也深深地发现，似乎每种兴趣课程，每种技能教学都是给孩童准备的，属于成人的兴趣课程少之又少，更多的是为了某门考试、某种商业利益，成人的世界，目的至上。

周一上班的时候，大家总会仪式性地问一问别人周末都去哪儿玩了，我说去上课了，对方总是很惊讶，也会有人问是为了什么用途。

如果非要问我，学这些有什么用，我只能说，想让自己变得有趣些，想让自己的生活有更多的可能。我希望自己正在做的，是我拥有技能中做得最好的，而不是我仅仅可以做的。就像打牌，要拥有一副牌，掏出每张都是一种可能，而不是拥有一张底牌，像救命稻草一样指望着它。

记得蔡康永写过：十五岁觉得游泳难，放弃游泳，到十八岁遇到一个你喜欢的人约你去游泳，你只好说“我不会耶”。十八岁觉得英文难，放弃英文，二十八岁出现一个很棒但要会英文的工作，你只好说“我不会耶”。人生前期越嫌麻烦，越懒得学，后来就越可能错过让你动心的人和事，错过新风景。

二十出头，我仍然年轻，在我脑袋还灵光，四肢还灵活的时候，我想多学一点东西，不给老年的自己，留下后悔的理由。

岁月 不长， 请 温柔 陪伴

猫小妖赵倩|作品 某酒店总经理 正能量文艺青年
@猫小妖赵倩

今天跟妹妹瞄聊了一会儿。这个姑娘自从有了男朋友就没怎么关注我，今儿突然一句姐姐，我问她有男朋友之后胸大了没有，胖了没有，瘦了没有，她说还是花骨朵含苞待放，脸还是那么大，还是那么胖。看到她的个性签名改成了“面朝厨房，春暖花开”，就知道这个女子平淡并且幸福着，问她跟男人同居什么感觉，她说会一起做饭，会接她上下班。我想这也算是人间烟火，柴米油盐酱醋茶的幸福生活吧。

看到她空间有篇文章，故事的大概是，女生为了不分开，考上好中学，不读，申请去跟他念差一点的高中。女生考上复旦，他跟着报个上海普通大学，每天坐四十分钟车去陪她吃晚饭。毕业去英国留学一年，电话没打几个，她走出机场见到他那刻就对他说：我们把证先领了吧。到了工作，女生放着魔都金领不当，就去他工作的城市开个小小花店。她喜欢看书收藏书，所以只要是她想看的书，他都第一时间帮她买到；她喜欢唱歌，他就陪她在KTV里疯一晚上；她喜欢爬山，他就准备带她把全国大大小小的山全都爬个遍，这也许是恋爱中最好的陪伴状态吧。

而我，也在经历过几次失败的恋爱后谈了这段异地恋，应该是异国恋，相识良久才发现他对我的陪伴和好，跨越六千多公里。我不识方向，抬起头望着天空的时候，都分不清他在哪个方向，只是整夜整夜地熬夜，只是为了打败那五小时的时差。

有时夜晚望着天空的月亮给他发信息说，你抬头看看月亮吧，他说我这儿阴天下雪了。从来没有想过在爱情里要去改变一个人，却实实在在地感受到了自己的变化和他的变化，没在一起的时候，他一个人在国外习惯了自由散漫地过着，从来不考虑未来，而如今的他却在为我考虑，计划着带我去旅行，带我见识更多，然后结婚生娃。

我任性强势敏感的性格有时也会忍不住跟他发脾气，呆呆的他也会争执几句说："我错了，你要知道我爱你啊。"自己阴郁而又性子急，有时会埋怨他的不善于表达，我不太知道爱的具体定义是什么，总觉得什么都对，但什么都不对。每个人的陪伴都有自己的表达方式，我知道，谁对你好，你一定能感觉到。所以，有时我们也不必太苛求，当然也不能什么都不做。只想能够跟他认真地去爱，彼此依赖，珍惜在一起的每一天。

以前总会觉得巨蟹座的自己缺乏安全感和存在感，可劲儿地作自己，从他身上来寻找所谓存在感和安全感的慰藉。他有着温柔耐心的脾性，对别的人礼貌而疏离，但总是认真陪伴着我，从不提放手，自己细细地计划着未来。等作够了，闹够了，才发现了自己的改变，在潜移默化中他的温柔和耐心并没有让我骄纵，而是让我明白了应该怎样去爱和被爱。

渐渐地，自己的性格和脾气开始收敛并且趋向温和，想到以前的恋爱会因为自己的任性，导致对方受不了而分手，而爱上他却是一种正能量的改变，让我认识到了自己。我想，爱上一个认真陪伴着你经历与成长，有正能量并且能让自己积极阳光温和起来的男人，是一件很幸运很幸福的事情。

昨天晚上回到苏州，一路的高铁，拥挤的人群，提着行李到了店里，提到三楼自己的房间。打开窗户，开始收拾行李，行李箱满满的，每件衣服叠得整整齐齐，每一个小物件都安置得如此恰当。在临走的前一天晚上，我一边收拾行李，嘟囔着一千多元钱的行李箱也放不了多少东西，他左手扶了扶眼镜框蹲下来把我所有的衣服和物件拿出来，一件一件地规制好，装好后乐呵呵地说“OK”了。当我在拿出每件东西的时候才体会到他的细心。

以前总是在想，相爱是一种怎样的感觉，在网上看到过一句话——就像是有了软肋，又有了盔甲，想起来的时候会很暖心，又很酸楚。跟他在一起之后，最大的感触就是知道他不会放弃，而且改变了我很多，让我更加懂得和确定自己的三观和心态。在感情里，女孩子通常会依赖，我也会有，会因为他没有回信息而着急生气，会因为他没有打电话而大闹，也会因为半夜自己情绪化上来就会没完没了。他知道我不开心了就会道歉，我就会停止自己的无理取闹。他。竟然逐渐改变了我。我会有情绪，但不会没完，我会和他吵架，但不会一直闹，因为没有什么可闹的，他不会走，我能做的就是经营好这份感情和做好自己。

总在离别的时候眼泪肆无忌惮，在机场送他，我磨磨叽叽，他放开我的手，说抓紧走吧，看着我离开，我要走出去的时候，还是回过头飞奔回去抱了下他，竟然看到他眼角的泪水。他摘下眼镜埋怨我怎么又回来，这场面让我想起了妈妈送我去幼儿园，我抓着妈妈的衣角不让妈妈离开，妈妈狠心推开我，我又追出去哭着抱着妈妈不让她走。

之前埋怨他不懂浪漫，不懂花言巧语，不懂承诺，却逐渐明白了他对我行动要比语言多，这让我很暖心，平淡且惊喜地享受着每个细节带给我的感动。用心经营一份感情就像是一直给沸水保温，烧开的沸水不继续用小火温着也会慢慢变凉，长期美好的感情关系的秘密也如此简单，贵在两个人用心经营。

以往会缠着吵架，但此时更多的是想让生活变得更加有情趣，有时一个眼神、一句话，他也会变得柔情，让自己变得心境安宁，而他也会感受得到。

想学英语好久了，在他的鼓励下，鼓足勇气去报了名。遇到他之后，此时更加明白的是让一切变得美好，做自己喜欢的，去享受年轻的这份学习，去感受生活的美好，就像我微信的签名，“你若盛开，清风自来”，无论生活怎样，重要的是我们的心态，耐得住性子，守得住初心，等待转角的光明。

前些日子时光妹子给我说她喜欢上一个人，对方想好好工作不想谈恋爱结婚。我只想说，傻瓜，他只是不想跟你谈恋爱结婚而已。你们都等着对方往铁罐里投一个钱币，最后弹尽粮绝。我们到了谈婚论嫁的年龄，需要的是归宿感和未来，不是男人的包容与轻言放弃。在我们有大把青春时，给颗糖就能满足，也可以静静地等上一年两年，为童话圆满。当我们青春有限，已经不允许自己在爱情上作来作去频繁敏感怀疑对方而分手浪费光阴了。我们女孩子浪漫得起二十岁，承担不起三十岁，就像坐得起摩天轮，开不起法拉利。而我们，活得太任性，不增加爱的能力，不改变愁眉苦脸的自己，就只能在大街上追着公交车的屁股喊“师傅，再等等我”中等待一辆又一辆的下一班车。

爱情里不能在一起的人，终究是爱得不够吧。一直觉得在爱情里，什么是为了你好而分手，配不上你而分手，怕伤害你而分手，现在不想结婚而分手，想好好工作或者学习而分手，这些都是借口，只是因为不爱了才会找这些华丽的借口分手。

今天是工作日的第一天，此时苏州还在下雨，滴答滴答的雨点，行驶而过的车辆，古色古香的黑瓦白墙，办公室里暖暖的空调，热乎乎的玫瑰花茶的清香，店助送过一堆工作的安排来，总部催促的电话一直在响，公司邮件满满的未读。而我，此时，内心特别平静。

等下一个天亮

去上次牵手赏花那里散步好吗

有些积雪会自己融化

你的肩膀是我豁达的天堂

岁月真的不长，温柔地对身边温柔的人，认真地去爱，或许你我此刻的温柔陪伴，就成了这一生最长情的表白。

你 越来越 能干了， 父亲 却老了

蒋瞰|作品 杭州某书房主理人 前媒体人
@古人蒋瞰

我们认识二十七年。我所记得的是，一看到我在画画，父亲就不高兴，哪怕老师告诉他“你女儿很有画画天分”，他还是自作主张帮我磨墨、铺纸，吓得我只有躲进厕所便秘。虽然后来钢笔字还获了个全国奖，但我至今没弄明白，绘画和书法差别在哪里。

年龄还在个位数时，他带我去湖州大厦最高楼喝早茶，自己却不吃，事后母亲叹息：你要宠女儿也不是这样溺爱！至今我仍然喜欢上午十点去吃点心，可惜杭州并不多。

每天作业要签字，只要发现有一个叉（尤其数学），他的脸色就会变得很难看，我小时候没少吃过巴掌，动辄被打屁股，而我也奇迹般地从一个数学弱智到考150分满分。

江南少雪，那年，上夜班的父亲一见到积得厚厚的鹅毛大雪，立马把我从床上拖起骑上自行车去花园拍雪景。多少张诸如此类隔夜的脸都被拍出了特写效果，森友治的《家庭日记》不是赢得诸多追捧吗，十几年前我已拥有，只我一人未发觉。

对，我就是在这种既苛刻又宠溺的环境下被养大，现在流行说“女孩富养”，我觉得自己够格；却也不时有些诸如重男轻女、孤独冷清的小阴暗窸窸窣窣爬出来。

而回忆，又岂是三言两语能明细的，我不想再想下去。

父亲这个人，从不曾流露过任何黏劲儿，不像母亲会把想法直接说出来。你要回来，就回来，要走，就走，好像我的任何举动在他看来都可以不动声色地被应允。而我也因为他曾说过“要去就去北京”，误以为父母是希望我远走的，甚至一度觉得仅仅留在杭州，还是挺丢人的。

前天和朋友吃午饭，朋友是父亲的下属，她以为不方便，凑在我耳边：“你爸爸好像不大情愿你出国？”我说：“是啊，这又不是什么秘密，他们总觉得这个姑娘太折腾了。”我又问：“你咋知道？”朋友说，有次在电梯里碰上，她以为是好事就恭喜我爸，结果他一个劲儿甩头，一副“女大不中留”的无奈。

我突然觉得父亲老了。

他开始婆妈，开始不介意变得细碎。

就说昨天。我的QQ签名始终两种，“在杭州”或是“不在杭州”，这次回来后，没来得及改掉。他急了，一个短信发来：“你又不在杭州了？”

若要画一个轴线来表达我们这对父女，我想应该是：天生喜欢男孩对女儿失望——自己的孩子没法不爱——不争气给我给我们家族丢脸——很优秀让我脸上有光——我们好像隔着很多。

而我，却变得陌生，让自己陌生，让父母陌生，不知道我被这个世界怎么了，还是我把这个世界怎么了。

我跟一个一日三餐吃了五十多年米饭的父亲讲吃素，宣扬一天一顿主食的理论，期望他能和我一样少吃一点。

我跟他讲我又住了什么酒店，讲有劳斯莱斯来接送的风光，他却不吭一声像是不想介入这种无谓的奢侈。

我跟他讲同样的职位，为什么人家的父亲能帮子女搞定一切，而我却什么都要自己争取。

我跟他讲，如果连这次，你都不愿意叫车来杭州把我的被子衣服运回家，我就当着你的面把东西全部从阳台上扔出去。

不是炫耀，不是威胁，听起来，却那么残忍，我说这些是为了什么？

说过后的大多时候，我沉默，我摆臭脸。

是过年在泰国，我朝母亲发脾气：“你们为什么从不说要吃什么，要玩什么，为什么都要依我？”母亲哭了，她很直接地告诉我：“我们觉得你挣钱不容易，不想花你的钱。你知道吗？你现在能干了，而我们却变得小心翼翼，你爸爸也是。”

最后一句话刺痛了我。

这八年，我身上沾染了太多太多的戾气和俗气，而世上最爱我的两个人对这一切却选择了忍耐甚至退让。

我在脑海里绘制出天伦生活：前阳台种花，后露台摘果，上午做菜下午游泳，先看《新闻联播》，二十七年雷打不动，再看电视连续剧——这几年，他们越来越一致地追国产电视剧，有时还会说给我听，感同身受的样子，而我始终认为，开始看家庭剧，真的说明人老了。

我们吵吵闹闹，为的是：

我："我不是跟你说过了啊，你怎么又忘了！"

母亲："你妈我年纪大了，忘记不是很正常嘛！"

我："你把我的东西又放哪里啦，回到家就是找不到东西！"

母亲："你常年不在，你的东西当然都给你收好的啊，不是你一来，毛巾茶杯都给你准备妥当了嘛！"

我："我们家怎么连个好的吹风机也没有啊，这个不是用了二十多年啦！"

母亲："少用吹风机，会把头发吹枯的，再说了，我们还不是为了节约，我跟你爸又不吹头发的！"

我："给你买了日霜晚霜，你怎么都不用啊！"

母亲："我想省着，要不送给你姨妈？她对我们家那么好！"

我："爽肤水呢，家里怎么没有爽肤水啊！"

母亲："在楼上你自己不看的啊！"

鸡零狗碎。

是的，我带母亲把杭州的五星级酒店住了个大半，自助餐陪她吃到扶墙出，前几天又买了衣服给她，自以为这就是对她好，是有面子的事，可是，和这些相比，母亲更愿意得到一句软语，一些顺从。孝，顺，往往"顺"是主要的，你得顺老人的意，这些我都是知道的，可是冲出嘴巴，还是一阵火辣辣。

不知是我缺席了他们的生活，还是他们缺席了我的蜕变。在这十年后再次共处的日子里，我感觉到他们小心翼翼地尊重着我那些不算习惯的习惯，尊重和保护着这个既陌生又熟悉的女儿。（此段借鉴豆瓣蒂娜刘《我们缺席彼此最重要的十年》）

父母在，不远游，游必有方。我想指望一下接下去的两年，为岁月开一张方子。

嘿，你也在等我吗

倾心蓝田|作品 正能量的全民闺密
@倾心蓝田

朋友找我诉苦，说近期见了很多女孩子，有些漂亮，有些可爱，有些风趣，有些懂事，但没有一个他喜欢的，说白了就是没感觉，他很惶恐地问我："怎么办？感觉自己要注定孤独一生了。"

你们有过这样的阶段吗？

或许在年少的时候，曾经有一个非常符合你对另一半想象的人出现在你的生命里，或许你暗恋过他，再或许你们有幸交往过一段，但后来因为这样那样的原因你们最终在青春里走散了。

于是后来遇到的人，都不符合你想象，你总觉得对方确实很不错，长得不错，学历不错，工作也不错，性格也好，就是缺了那么一点感觉。甚至常常怀疑自己爱无能了，担心自己就这样孤独终老，不再会拥有爱情。

我曾经也有过这个阶段，那时候我毕业两年多，我走过很多路，经历过很多事，却始终没有遇到一个我爱的人。再加上身边的同学朋友都纷纷发来结婚喜讯，逢年过节家里亲戚的不断催促，自己更慌乱了。

我一度以为自己失去了爱人的能力。在我妈催得最紧的时候，我甚至和我非常确定我不爱的人尝试过交往，对方约我看电影，到了影院，对方嘻嘻哈哈很快融入电影情节，而我却始终不能专心看剧情发展，而是跳出来，苦闷于自己当时的处境。对方约我吃饭，我也会去，吃什么不重要，丝毫没有点餐的心情，只想应付了事。当然，这段感情最终结果还是失败了。伤害了自己也伤害了对方，可我真的没有恶意，只是想要尝试着，去培养出所谓的感情。

工作日上班忙着工作，无暇去想这些问题，但到了周末，望着空荡的只有自己的房间，又独自伤感起来，委屈到想哭，想来自己也不差，遇到的人也足够多了，为何就是不动心呢？

那种感觉就像是，你整个人都被掏空了，心更是空的，干干净净，只等一个能让你动心的人住进来，却迟迟等不到那个对的人。

时间久了，干脆放弃。每天上班就拼命工作，把所有碎片时间都用各种各样的事情填充，让自己感到虽然没有恋爱，但生活貌似也还算充实。周末找朋友聚会，吹牛扯皮K歌逛街，回到家虽然又是自己，但想想至少白天是有人陪着的。

生活就这样简简单单地过着，时间也渐渐过去，后来某天，你突然又认识了一个人，他以你从未想过的方式出场，初见的时候，彼此并不觉得对方有多么好，但都有一种倾诉欲，恨不得把遇到之前的事情都一下子告诉对方。嗯，就是这个时刻，你又遇到爱情了，你的爱无能也被瞬间治愈了。

谁也没有说爱，甚至连喜欢都没讲过，却在不经意间，就走到了一起。交往中你会觉得，原本期待的轰轰烈烈，在这一刻，虽然平平淡淡，却又真真切切，心里不由得想说，真好。

曾经遇到工作上不顺心的时候，希望对方可以先不问青红皂白跟你站在一起骂让你不开心的人一顿，然后一起出去吃一顿，这事就算过去，而现在，他却是先让你冷静，听你讲清整个事情发展过程，然后帮你分析到底是哪里出了问题，你才发现，原来解决问题，才是最主要的。你们也不会再为了不开心出去胡吃海喝，而是累了倦了，他说你等着，我去煮碗面给你。

你曾期待，有一场浪漫的求婚，所有人都感动了，你在万人瞩目的情况下，点头含泪说我愿意，结果却是你们在吵架吵到大半夜的时候，突然决定第二天去领结婚证。

没错，这是我的经历，我想，这也会是你的经历。我跟朋友说，不必心急，如果现阶段遇到的人都不喜欢，不必怀疑自己爱无能，也不必悔恨，或许只是最适合的那个人还没出现。等他出现了，你的心刚巧也是空着的，你可以大方地跟他说一句：嘿，你也在等我吗？我有好多好多话，想要讲给你。